JN174440

カンディード

Candide ou l'Optimisme

ヴォルテール　堀茂樹訳

晶文社

Candide ou l'Optimisme par Voltaire, 1759.

目次

ブックデザイン　平野甲賀
カバー絵　木村さくら
編集　祖川和義

カンディード、あるいは最善説

ラルフ博士のドイツ語文からの翻訳

（キリスト紀元一七五九年、戦地となったヴェストファーレン地方の都市ミンデンでラルフ博士が没した折、その懐中から追補分が発見された。本書には、その追補分も含まれている。）

第1章

カンディードがある立派な城館でどのように育てられたか。そして、左様な城館からどのようにして追放されたか

昔むかし、ヴェストファァーレン地方のトゥンダー゠テン゠トゥロンク男爵さまの城館に、生来やさしい、素行の穏やかな青年がいた。顔立ちにも、素直な心根が表れていた。ものの見方がいたって真っ直ぐで、気質はこの上なく純朴。カンディード、すなわち「純真な」という意味の名前で呼ばれていたのも、筆者が思うには、そういう性質ゆえであったにちがいない。トゥンダー゠テン゠トゥロンク家の古参の召使いたちが勘づいていたところによれば、この青年は男爵さまの令妹と、近隣に住むれっきとした、人品卑しからざる貴族の男との間に生まれた息子なのだった。しかし男爵さまの令妹は、その貴族との結婚を断じてお望みにならなかった。なぜか？　なぜならその貴族は、その貴族度を七十一クォーターしか証拠立てることができなかったから

である〔例えば、両親と父方および母方の祖父母の計六名が真正の貴族であるような子供は、それだけで六クォーターを有する〕。より高い貴族度を示すにはより古い家系図が必要だったが、それは長い歳月に穿(うが)たれ、失われてしまっていたのだ。

トゥンダー＝テン＝トゥロンク男爵さまは、ヴェストファーレン地方屈指の豪族であった。なにしろ男爵さまの城館には、城門がちゃーんと一つあったし、窓だっていくつかは設(しつら)えられていたのである。大広間にも、何はともあれ、つづれ織りの壁掛けくらいは掛かっていた。家畜小屋に猟犬はいないけれども、番犬が何匹もいて、必要の際にはこぞって猟犬の代わりをする。猟犬係はいないけれども、馬丁らが馬にまたがり、その代わりをする。城中司祭は雇われていないけれども、村の助任司祭が代役をつとめてくれる。誰も彼もが男爵さまのことを、ふつう大公さまや公爵さまをお呼びするときにだけ用いる「閣下」という敬称でお呼び申し上げ、男爵さまが戯(ざ)れ言(ごと)をおっしゃるたびに、笑いどよめくのであった。

男爵夫人は体重が三五〇リーヴル〔約一七〇キロ強に相当。一リーヴルは三八〇～五五〇グラムに相当し、地方によって異なっていた〕ほどもあり、その重量感ゆえに周りの者から格別の敬意をもって遇されていたが、男爵家として来客を迎えるときの威厳がまたすさまじくて、その威厳ゆえにいっそう畏れ多い存在となっていた。令嬢のキュネゴンドさまは、当時十七歳であった。生き生きとして血色がよく、ピチピチ、ムチムチ、ふるいつきたくなるほど肉感的だった。男爵さまの令息はあらゆる点において、この父にしてこの子ありの人品であった。お雇いの家庭教師パングロスは、この城館においては神託同然の権威であった。当然、幼い頃からカンディードは、年齢と性格から推測できるとおり、素直な信頼をもって師の教えに耳を傾けていた。

パングロスが教えていたのは、形而上學的＝神學的＝宇宙論的暗愚學である。パングロスは、「オール弁舌」という意味のその名のとおり、原因なきところに結果はないということ、そして、およそあり得べきすべての世界のうちで最善の世界であるこの世界において、トゥンダー＝テン＝トゥロンク男爵閣下の城館こそは最も立派な城館であり、トゥンダー＝テン＝トゥロンク男爵夫人こそは、およそあり得べきすべての男爵夫人のうちで最高の男爵夫人なのであーる、ということを、まことに鮮やかな論法をもって証明することができた。

「おしなべて物事は」と彼は言う。「現にあるより他のようにはなり得ないのであって、これはすでに証明されておる。なんとなれば、すべてのものが何らかの目的のために作られておる以上、すべてのものは必然的に最善の目的に合致しておる。よろしいか、鼻は眼鏡をかけるために作られた。ゆえに我々は眼鏡をかけるのじゃ。脚はといえば一目瞭然、何かを穿(は)くためにこういうふうに出来ておる。ゆえに我々は半ズボンを穿くのじゃ。石は、切断され、お城を建てるために形成された。ゆえに閣下は、たいそうご立派な城館を所有しておられる。この地方(くに)で最もお偉い男爵さまなのであるから、当然、最高に住み心地のよい所にお住みになっていただかねばならぬ。さらにいえば、豚は食(しょく)せられるために作られたのであって、だからこそ我々は年中、豚肉を食するのである。万事かくの如しであるからして、すべては善なりと主張した連中は愚言を吐いたのである。そうではない、すべては最善なーり、と言うべきであったのじゃ」

　カンディードは注意深く耳を傾け、無邪気に信じた。というのも彼は、キュネゴンド姫のことを最高の美人だと思っていたのである。尤(もっと)も、自分はそう思っていると、彼女に向かって言ってのける勇気は一度も湧いたためしがなかったのだが――。カンディードが得心していたところでは、この世の幸福のうちでも最高はトゥンダー＝テン＝トゥロンク男爵として生まれることであるけれども、第二番目は、キュネゴンド姫その人であるということをおいて他にはなく、第三番目の幸福はそのキュネゴンド姫に毎日会えるということであり、そして第四は、パングロス先生、この地方で最も偉大な、したがってこの世で最も偉大な哲學者でいらっしゃるパングロス先生のお話を拝聴できるということなのだった。

ある日、キュネゴンドは、城館の近くの小さなありきたりの森、これがなんと「大庭園」と呼ばれていたのであるが、その森の中を散策していて、茂みの蔭にパングロス博士の姿を見かけた。折しも博士は、実験物理学のレッスンを授けているところだった。受講しているのは男爵夫人の小間使い。とても可愛らしく、とても従順な、褐色の髪の娘だった。キュネゴンド姫は自然科学向きの資質に大いに恵まれていたので、目の前で繰り返される実験の数々を、声を洩らすことなく、ひたすら観察した。原因なきところに結果はないのである。物事には必ず十分な理由があるということ、これこそは、パングロス先生ご自身が教えてくださった充足理由律というもの……。キュネゴンドは、博士を突き動かす充足理由を、諸結果とその背後の諸原因を明らかに看て取り、その上で城館へと引き返したのだが、そのときには彼女はすっかり昂奮し、想像を逞くし、自分も科学に精通したいという望みにわくわくしながら、わたくしが若いカンディードの充足理由になってもいいのではないかしら、あのカンディードなら、わたくしの充足理由になれるのだし、と考えていた。

城館へ戻る途中、彼女はカンディードと出くわし、顔を赤らめた。カンディードも顔を赤らめた。キュネゴンドは「こんにちは」と、とぎれとぎれの声で言った。すると、カンディードも彼女に挨拶を返したが、しどろもどろで、自分でも何を言っているのかわからなかった。翌日、昼食が終わって一同がテーブルを離れるとき、キュネゴンドとカンディードは屏風(びょうぶ)の蔭でばったり顔を合わせた。キュネゴンドがハンカチを落とした。カンディードがそれを拾った。彼女が無邪気な様子で彼の手を取った。青年が無邪気な様子で若い令嬢の手に接吻した。激しく、優しく、格別の情を込めて。たちまち唇と唇が触れ合い、眼が燃え上がり、膝ががくがくと震えた。手があらぬ方(かた)へとさ迷った。と、そのとき、トゥンダー＝テン＝トゥロンク男爵さまが屏風のそばを通りかかられた。そこに表れていた原因と結果をご覧になると、男爵さまはカンディードの尻を思い切り蹴飛ばし、彼を城館から追い出してしまわれた。キュネゴンドは気絶した。我に返ったとたん、母親である男爵夫人に頬を平手打ちされた。こうして、およそこの世にあり得べき城館のうちで最も立派で、最も居心地のよい城館の中で、すべてが荒廃してしまった。

第2章 ブルガリア人たちの国〔当時ブルガリアは存在していなかった。プロイセンが仄めかされている〕で、カンディードの身に起きたこと

カンディードは地上の楽園から追放され、あてどもなく長時間歩いた。泣けてきて仕方がない。天を仰ぐ。この世のありとあらゆる城館のうちで最も立派な城館のほうへ、たびたび視線を向ける。その城館には、この世に存在する男爵令嬢のうちで最も美しい男爵令嬢が閉じ込められているのだった。夕食にありつくこともなくカンディードが身を横たえたのは、畑の真ん中の畝(うね)と畝の間だった。綿をちぎったような雪が降りしきっていた。全身凍えてしまった彼は、翌日、重い足を引きずるようにして近くの町へと向かった。その町は、「森(ヴァルト)」だの「山(ベルク)」だの「村(ドルフ)」だの、ゴツゴツした音をやたらと繋ぎ合わせた名前で、ヴァルトベルクホフ゠トラルブク゠ディクドルフといった。カンディードは一文無しで、飢えと疲れで死にそうになっていた。とある居

酒屋の入口に、みじめな様子で立ち止まった。青い服〔本作品が発表された七年戦争当時、青はプロイセン軍の制服の色だった〕を着た二人の男がそんな彼に目をとめた。

「おい兄弟」と一人が言った。「あそこに体格のいい若いのがいるぞ。背丈も十分だ」

彼らはカンディードのほうへ歩み寄り、たいへん慇懃（いんぎん）に昼食へと誘った。

「これはこれは」と、カンディードは愛想よく、慎ましく言った。「とても光栄なのですが、あいにく持ち合わせがなく、自分の勘定も払えません」

「ああ、そんなことなら」青服の一人が言った。「ご心配に及びません。貴殿ほど風采もよく、値打ちもある方は、金など払ってはならんのです。貴殿は五ピエ五プース〔約一八〇センチに相当〕ほど背丈があるのではないですかな」

「いかにも。おっしゃるとおりの背丈です」カンディードはお辞儀をした。

「おお、そうですか。それでは、どうぞテーブルのほうへ。費用をこちらで負担させていただくばかりではありませんぞ。我々はですな、貴殿のようなお方が金に不自由しておられるのを見過ごすことなどできません。人間というものは互いに助け合うように造られているのですからな」

「そのとおりと思います」カンディードが言った。「それこそまさに、パングロス先生がつねづねぼくに言っておられたことです。こうしてみると本当に、すべてが最善の状態にあるとわかります」

青服がエキュ銀貨を数枚差し出し、収めてくれと言う。カンディードが受け取り、証文を書こうとする。相手はそんなものは要らないという態度だ。一同、テーブルにつく。

「ところで、心から慕っておられるのではありませんかな……」

「もちろんです！　ぼくはキュネゴンド姫を心から慕っています」

「あ、いや、そういうことではなくて」と、二人の男のうちの一人が言う。「我々はですな、貴殿が我々ブルガリア人〔この呼称で仄めかされているのはプロイセン人〕の王さまを心から慕っておられるのではないかと尋ねておるのです」

「いいえ、全然」カンディードは答えた。「お見かけしたこともないので」

「なんですと！　各国の王さまのうちでもいちばん魅力のある王さまなのですぞ。さあ、あの王さまのご健康を祝して乾杯しなくちゃいけません」

「ああ、そうですか。結構ですとも。喜んで」カンディードは酒を飲み干す。

「よし、それで十分。儀式は終了。これをもって貴殿は、ブルガリア陣営の礎に、文柱に、護り手に、英雄になった。出世は確実、栄光も保証されたようなものだ」

そう言うが早いか、二人の男はカンディードの足に鉄の鎖をつけ、連隊へ引っ張っていく。連隊でカンディードは鉄砲を持たされ、右向け、左向け、装填棒を上げよ、戻せ、狙え、撃て、速歩前進、などとやらされたあげく、棒で三十回打ちすえられた。翌日は訓練を少しマシにこなした結果、二十回しか打たれなかった。翌々日は十回で済んだ。それで彼は、仲間たちからまるで天才児のように見られた。

カンディードは何が何だか、いったいどうして自分が英雄になってしまったのか、まだわけがわからない。春うららかなある日、いっぺん隊を離れて「散歩」してみようと思い立ち、ひたすらまっすぐ遠くへ、遠くへ、もっと遠くへ、できるだけ遠くへと歩いた。なにしろ、自分の脚を自分の好きなように使うのは、動物のみならず人間の特権でもあるはず……。ところが二里も行かぬうちに、背丈がカンディードを上回る六ピエ〔約二メートルに相当〕もあって、これまた英雄である四人の男たちが追いつき、彼を縛り上げ、引っ立てていって牢屋へぶち込んだ。上官が、きちんと法律にしたがって尋ねた。連隊の兵士全員に三十六回ずつ棒で殴られるのと、脳天に鉛の弾を一気に十二発撃ち込まれるのと、どちらを希望するかと。人間の意志の自由というものを持ち出して抗弁しても、どちらも御免だと言い張っても結局無駄で、二者択一なのだった。で、カンディードは、自由と呼ばれている、神の賜物の名において、棒で三十六回打たれることに決めた。隊列往復で殴られた。連隊は二千人編成。往復で計四千回も棒打ちを食らったのだからたまらない。襟首から尻までずっと、筋肉と神経がむき出しになった。三巡目に入ろうとしたとき、カンディードはたまりかね、情けをかけてくれ、憐れと思ってくれ、いっそ頭を打ち割ってくれと懇願した。情け深くも、この願いが聞き入れられた。カンディードは目隠しをされる。命じられるままに跪く。ちょうどそこへブルガリアの王さまが通りかかられ、受刑者の罪状をお尋ねになった。この王さま〔プロイセンの啓蒙専制君主フリードリッヒ二世を想起させる〕は格別すぐれた資質の持ち主だった。カンディードについて知り得たすべてのことから推して、この若者が世事にははなはだ疎い形而上学の徒であることをお察しになった。そしてカンディードに特赦をお与えになった。ああ、その寛大さたるや、今後もありとあらゆる新聞紙上で、長く数世紀にもわたり語り継がれるにちがいない！　ある親切な外科医が、紀元前一世紀ギリシャの名医ディオスコリデス秘伝の緩和薬を用いて、三週間でカンディードの傷を癒した。新しい皮膚がすでに少し形成され、カンディードが歩けるようになってきたとき、ブルガリア人たちの王さまがアバリア人たち〔六世紀から九世紀にかけて東欧に侵入したモンゴル系民族。この呼称で著者ヴォルテールが念頭に置いていたのはオーストリア人〕の王さまを相手に戦（いくさ）をお始めになった。

第3章 いかにしてカンディードはブルガリア軍から脱走したか、及び、その後の経緯

この二つの軍隊をおいて他には、かくも美しく、かくも優雅で、かくも華々しく、かくも整然としたものは何ひとつありはしなかった。軽快なラッパが、横笛が、またオーボエが、太鼓の音が、さらには大砲の轟音が、地獄にかつて一度もあったためしのないハーモニーを響かせる。大砲の弾が双方の陣営に飛んでいって、まずはそれぞれおよそ六千の兵を倒し、地面に転がした。次に、鉄砲の一斉射撃が、最善の世界であるこの世界から、地上を汚す約九千ないし一万の卑賤の民どもを取り除いた。銃剣もまた、数千人の死を合理的かつ十分に説明する充足理由となった。死亡総数はおよそ三万程度に上ったかと思われる。カンディードは哲学者のように震え、この英雄的な殺し合いのあいだ、できるかぎり巧みに身を隠していた。

やがてカンディードは、双方の王さまがそれぞれの陣営で謝恩歌（テ・デウム）を斉唱させているすきに、どこか別の場所へこっそり移動することを、移動した上で物事の結果と原因について理性的判断を下すことを、決心した。彼はおびただしい数の死者や、瀕死の者たちの山を越えて、まず隣村にたどり着いた。村は灰燼（かいじん）に帰していた。そこはアバリア人の村で、ブルガリア人が、国際法の定めるところに則（のっと）って焼き払ったのだった。こちらでは、弾丸に打ち抜かれた老人たちが呆然と見つめる前で、血まみれの乳房に乳飲み子を抱いたまま、喉（のど）を掻き切られた妻たちが死んでいく。あちらでは、若い娘たちが、英雄どもの自然の欲求を満足させた挙げ句に、腹をえぐられ、息絶えようとしている。そうかと思えば、半身を焼かれてしまった状態で、とどめを刺してくれと叫んでいる者たちもいる。脳髄が地面に散乱している。そのそばに、切断された腕が、脚が、転がっている。

カンディードは早々に逃げ出し、別の村へ行った。その村はブルガリア人の村であったが、アバリア人の英雄たちによって同じように略奪されていた。彼は、地面で腕や脚がぴくぴくと動いている上を踏み越え、いくつもの廃墟を通り抜けてようやく、戦争の舞台の外へと抜け出した。わずかな食糧を頭陀袋（ずだぶくろ）に詰めて持っていた。キュネゴンド姫のことは片時も忘れなかった。ちょうどオランダまでやって来たとき、食糧が切れてしまった。しかし、オランダという国では誰もが金持ちである、そして人びとはキリスト教徒であると聞いていたので、カンディードは、自分がキュネゴンド姫の美しい眼のせいで男爵さまの城館を追い出される以前にあの城館で受けていたような良い待遇に恵まれるにちがいないと、信じて疑わなかった。

　彼は、一見して偉そうな様子の幾人もの人物に施(ほどこ)しを求めた。と、彼らはこぞって、こんな稼業を続けていると、感化院に閉じ込められるぞ、生きていくというのはどういうことかを教わることになるぞ、と答えた。

　彼が次に話しかけたのは、大きな集会で登壇するや独りでまる一時間ずっと、隣人愛について語り続けたばかりの男だった。この説教者〔プロテスタントの牧師と目される〕は、カンディードを横睨みにして言った。

「何しにここへ来た？　きみがここにいるのは、正しい主義(コーズ)のためかね」

「ええ、原因(コーズ)なきところに結果はありませんから」と、カンディードは謙虚に答えた。

「すべては必然的に連鎖し、最善の状態に整えられています。ぼくがキュネゴンド姫のそばから追い払われたのも、棒でめった打ちにされたのも、必然の成り行きだったんです。そして今ぼくが、パンが手に入るまで、あきらめずにパンをくださいと言い続けるのも必然です。すべて、そのようになるほかなかったのです」

「では訊ねるが」説教者が言った。「きみはカトリックの教皇のことをどう思っておるのかね。ローマ教皇が反キリスト者であることを心得ておるかね」

「そういうことはまだ聞いたことがありません」とカンディードは答えた。「教皇が反キリスト者であろうとなかろうと、とにかくぼくはパンがなくて困っているので……」

「おまえなど、パンを食らう資格もないわ」と相手は言い放った。「出て行け、卑賤なやつ。消え失せろ、ろくでなし。もう絶対にそばへ寄って来るな」

そのとき、説教者の女房が二階の窓から首を出し、ローマ教皇が反キリスト者であることに疑いを抱く男の存在に気づくと、便器を持ち出し、カンディードの頭にざぶんと……。いやはや、ご婦人方が宗教に熱を上げるとかくも極端に走る！

まだ一度も洗礼を受けたことのない男がそこに居合わせた。幼児期ではなく成人後に自覚をもって洗礼を受けるべきだとする再洗礼派（アナバプテスト）に属するこの善良な男は、ジャックという名だったのだが、彼は自分と同じ人間が、すなわち、翼はなく、二本足で歩き、魂を有する生き物が、残酷かつ下劣なやり方で扱われているのを見届けた。彼は犠牲者を自宅へ連れて帰り、体をきれいに拭いてやり、パンとビールを供し、それだけで数日間は暮らせるだろう二フローリンもの金を与え、さらに、オランダ製のペルシャ織物を作っている彼の工場で仕事することを教えて進ぜようとさえ言った。カンディードは、その男の前にひれ伏さんばかりになって叫んだ。「パングロス先生に教えていただいたとおりです！　本当に、この世のすべては最善の状態にあるのですね。あなたの物惜しみしないお心と振る舞いに、ぼくは感激です。先ほどの黒マントの人と、あの人の奥さんの非情さなんか、どこかへ飛んでいってしまいました」

翌日、散歩していて、カンディードは乞食のような男に出くわした。その男ときたら、体じゅう悪性の膿だらけで、死んだような眼をし、鼻が陥没し、口がゆがみ、歯が黒ずみ、声がすっかり嗄(しわが)れ、激しく咳き込んでは苦しみ、力むたびに歯を一本吐き出してしまうありさまだった。

第4章

いかにしてカンディードはかつての哲學の先生パングロスと再会したか、及び、その後の経緯（いきさつ）

カンディードは嫌悪を覚えたが、それにもまして不憫さを感じ、再洗礼派（アナバプテスト）の実直なジャックからもらった二フローリンを、そのぞっとするような乞食に与えた。亡霊さながらの男は彼をまじまじと見つめ、涙を流し、彼の首元に抱きついた。カンディードはぎょっとして、後ずさりする。

「ああ！」と、惨（みじ）めなありさまの男が、これまた惨めなありさまの男に向かって嘆く。

「わしだよ、パングロスだ。わしだとわからぬ筈はないだろうに」

「なんと、あなたが？　パングロス先生！　先生ともあろうお方が、そんなひどいお姿におなりとは！　いったいどんな災難にお遭いになったのですか。どうしてこの世の城館のうちで最も立派なあの城館に、もうお住まいでないのですか。キュネゴンド姫はどうしていますか。若い女性たちのうちでもひときわ輝く、自然の生んだ傑作である彼女は？」

「ふらふらだ。もう立っておれん」とパングロスは言った。

すぐさま、カンディードは彼をジャックの厩（うまや）へ連れて行き、そこでパンを少し食べさせた。パングロスが食べ終えて一息つくと、カンディードが訊ねた。

「で、キュネゴンドは？」

「死んだよ」

この言葉を聞くや、カンディードは気絶してしまった。パングロスが、厩の中にたまたまあった安物の酢を少しばかり用いて、弟子に意識を取り戻させた。カンディードは目を見開く。

「キュネゴンドが死んでしまったなんて！　ああ、最善の世界はどこへ行ってしまったのか。それにしても、彼女はどんな病気で亡くなったのですか。まさかぼくがしたたか足蹴（あしげ）にされて、お父上のご立派な城館から追い出されるのを見たショックのせいではないですよね」

「いや、そんなこととは違う」とパングロス。「お嬢さまはブルガリアの兵隊に腹をえぐられたのだ。あらんかぎりの暴行を加えられた上でのことだった。兵士どもは、お嬢さまを護ろうとなさった男爵さまの脳天を割ってしまった。奥方の男爵夫人はばらばらに切り刻まれておしまいになった。私の生徒であった令息も、妹のキュネゴンド姫とまったく同じようにされてしまった。城館はといえば、今はもう跡形もない。納屋一つ、羊一匹、アヒル一羽、樹木一本、残ってはおらんのだ。もっとも、われわれの仇(かたき)は十分に討たれた。というのも、アバリアの兵隊がブルガリア人の領主のものだった近隣の男爵領を襲って、同じくらいに暴れたのだ」

この話を聞くや、カンディードはまた気絶した。しかし、まもなく我に返り、こうした場合に述べるべきことをすっかり述べ終えると、パングロス先生をかくも情けない状態に陥れた原因と結果、そして充足理由を求めた。

「いやはや」と先生は言った。「それは愛じゃよ。愛、それなしでは人類が慰められず、宇宙が保たれない、感受性をもつあらゆる存在にとっての魂、心とろける愛……」

「いやはや」カンディードが応じた。「その愛なら、ぼくも知っています。人の心に君臨する、われらが魂の魂です。もっとも、愛がぼくに与えてくれたのは一回きりの接吻と、お尻に見舞われた二十発の足蹴だけでしたが……。どうしてそんなに美しい原因が、先生においては、こんなに忌まわしい結果をもたらしたのでしょうか」

パングロスは次のように答えた。

「おお、カンディード、きみはパケットを知っておるだろう。そら、威厳に満ちておられたあの男爵夫人の小間使いで、綺麗な娘さ。私はあの娘の腕の中で天国の悦楽を味わったのだよ。だが、その悦楽から地獄の苦しみが生まれて、それでもってこのとおり、体を蝕(むしば)まれているわけだ。あの娘も感染していたのだから、もう死んでしまったかもしれぬ。パケットはこの贈り物をフランシスコ会修道士からもらったのだが、その修道士が大した学者でね、事の次第を源まで遡って突き止めていた。それによると、彼はある年配の伯爵夫人から病気を移されたのだが、伯爵夫人はそれをある騎兵隊中隊長からもらったのであり、騎兵隊中隊長はさる侯爵夫人から、侯爵夫人は小姓から、小姓はイエズス会の修道士からもらったのだ。そして、そのイエズス会士は、まだ修練士だった頃、クリストファ・コロンブスの仲間の一人からじきじきに贈り物を頂戴したのであったという。この私はといえば、誰にも伝染させはしないさ。もう死んでいくのだから」

「ああ、パングロス先生」カンディードは叫んだ。「なんと奇妙な系譜なんでしょう！元々は悪魔から出たのではありませんか」

「いや、それは見当外れというものだ」偉大な先生はすかさず言った。「この贈り物は最良の世界に不可欠なもの、必要な要素であったのだ。なるほどこれは病気であって、生殖器をだめにし、しばしば生殖そのものを妨げもするからして、明らかに自然の大いなる目的に反しておる。しかし、コロンブスがアメリカ大陸のとある島へたどり着いてこれに感染したからこそ、われわれの手の内に今、ココアや、緋（ひ）染めの染料に使うエンジ虫があるのだ。さらにまた、今日までこの病気が、この旧大陸においては、宗教をめぐる諍（いさか）いと並んで、われわれヨーロッパ人に特有のものであることも認めなければならない。実際、トルコ人、インド人、ペルシャ人、中国人、タイ人、日本人はまだこれを知らない。それでも、数世紀後には彼らもまたこれを知ることになるための充足理由が存在しておるのじゃ。とにもかくにも、この病気はわれわれの間で驚異的なまでに拡がった。なかでも、各国の命運を決する大規模な軍隊、あの育ちがよくて真面目な傭兵たちから成る軍隊においてはそれが著しい。三万の軍勢が陣形を整えて同数の敵軍に対峙（たいじ）する場合、請け合ってもいいが、双方の陣営に梅毒患者がまず二万はいる」

「へえ、すごいですね！」カンディードは言った。「でも、先生には治っていただかねば」

「どうやって治せるというのかね」とパングロス。「私は一文無しなのだよ、きみ。地球広しといえど、どこへ行ったって、瀉血や浣腸をしてもらうには金を払わにゃならん。あるいは、本人に代わって金を払ってくれる者がいなけりゃならん」

　この言葉を聞いて、カンディードは決意した。彼は情け深い再洗礼派ジャックのところへ行き、その足もとに身を投げ出すようにして、自分の友人がどんな窮地に追い込まれているかを語った。その切々とした語りに善良なジャックはたちまち心を動かされ、躊躇なくパングロス博士を引き取った。そして自分の費用で博士の病気を治した。その治療で、パングロスが失ったのは片目と片耳だけだった。この先生は筆が立つし、算術を完璧に心得ていた。再洗礼派ジャックは彼を自分の帳簿係にした。二カ月後、商用でリスボンへ行く必要のできたジャックは、二人の哲学者――パングロス博士とカンディード――を自分の船に乗せて同行させた。パングロスは彼に、いかようにしてすべてが考え得るかぎり最良の状態にあるのかを説明した。ジャックは意見を異(こと)にした。

「どう考えても」と彼は言った。「人間が自然を少々変質させてしまったのにちがいないですよ。というのも、人間は狼に生まれついたわけでないのに、狼になってしまいました〔「人間は人間にとって狼である」は古代ローマの喜劇作家プラウトゥスの表現。これをホッブズが『リバイアサン』に取り入れた〕。神さまは人間に二十四リーヴル〔約一二・七五キロ〕の弾丸を発射する大砲も、銃剣もお与えにならなかった。ところが人間は銃剣や大砲を作って、殺し合いをしています。破産というものや、破産者の財産を一方的に差し押さえて債権者の権利をないがしろにする裁判所についても、同様に考えてよいでしょう」

「いや、そうしたことすべてが必要不可欠だったのです」片目の博士は反論した。「個々の不幸が却(かえ)って全体を善くするのである。であるからして、個々の不幸が多ければ多いほど、すべてはより善い状態に到るのであーる」

彼が論じ立てている間に、空がかき曇り、風が四方から吹いてきて、船はリスボンの港を間近にしながら、世にも恐ろしい時化(しけ)に襲われた。

第5章　嵐、難破、地震、パングロス博士とカンディードと再洗礼派ジャックの身に起きたこと

船客のうちの半ばは体力をすり減らし、船の横揺れでとことん神経をかき乱され、体液のすべて〔当時、人体には血液、粘液、黄胆汁、黒胆汁の四つの体液があると考えられていた〕を上下左右に揺さぶられて、およそ考えられないほどに苦しみ、息絶え絶えになっていた。いささかの余力もないので、身に迫る危険を顧みることすらできなかった。残りの半数は泣き叫び、祈りの文句を唱えるばかりだった。帆は引きちぎれ、帆柱（マスト）は折れ、船体は今にも裂けてしまいそうだ。立ち働ける者は立ち働くが、皆ばらばらで連携がない。指揮をとる者がいない。再洗礼派の男は船の操縦を少し手伝って、上甲板に立っていた。と、何を血迷ったのか、ひとりの水夫が乱暴に殴りかかり、彼を甲板に打ち倒す。ところが、殴った本人もそのはずみで大きくよろめき、船の外へと真っ逆さまに落ちてしまう。今や水夫は、

折れた帆柱（マスト）の一部分に引っかかり、宙ぶらりになっている。善良なジャックは水夫を救助すべく駆け寄り、水夫が這い上がるのを助けるが、まさにその努力が仇（あだ）となり、水夫の眼前で、自分のほうが海へと転落する。水夫は目もくれず、ジャックを見殺しにした。カンディードが走ってきて身を乗り出すと、彼の恩人が一瞬水面に姿を現したあと、たちまち永久に海の中に呑み込まれていくのが見えた。カンディードは恩人を追って、海へ飛び込もうとする。哲學者パングロスが引き留める。曰く、リスボン沖のこの海域はもともと、あの再洗礼派の男が溺死するように意図的に作られていたと証明できるのである。パングロスがそのことを、経験も実験も必要としない自明の理として説いている最中、船体が二つに割り裂けた。すべてが海に沈んだ。例外はパングロスと、カンディードと、再洗礼派の高徳の士を溺死に追いやった粗暴きわまりない水夫だけだった。その卑賤の男は嵐の海を首尾よく泳ぎ切り、浜辺にたどり着いたのである。同じ浜辺に、パングロスとカンディードは一枚の板にすがって漂着した。

　少し人心地（ひとごこち）がつくと、パングロスとカンディードはリスボン目指して歩いた。手元に多少の金が残っていた。ふたりは、嵐を逃れた今、その金で飢えを凌ぎたいものだと思っていた。

自分たちによくしてくれた恩人の死を悼みながら町に足を踏み入れたとたん、踏みしめているはずの大地がぐらぐらと揺れるのを感じた〔一七五五年のリスボン大地震が踏まえられている〕。港を見れば海が盛り上がり、波が逆巻き、停泊中の船舶を打ち砕いている。炎と灰が渦巻いて町を襲い、通りも広場も埋め尽くす。建物が倒壊する。屋根がもんどり打って建物の土台にまで崩れ落ちる。土台も砕け散る。三万の老若男女が瓦礫の下敷きになり、押し潰された。

例の水夫が口笛を吹き、悪態をつきながら、こう言っている。「こりゃいいや。ここでひと儲けできるぞ」

パングロスはつぶやいていた。「はてさて、この現象、いったいいかなる充足理由に拠るものであり得るのであろうか」

カンディードは叫んでいた。「世界の終わる日だ!」

水夫はさっそく瓦礫の中を駆け回り、ひとつ間違えば命を失いかねないようなことまでして金を探し、見つけ、奪い取り、酒を飲んで酔っぱらい、ひと眠りして酔いを醒ますと、女なら誰でもいいのだろう、難しいことを言わない娘を見つけてその歓心を金で買い、倒壊した家々の廃墟で、瀕死の人びとや死者があふれているというのに、平気で事に及ぶ。その間、パングロスがしきりに水夫の袖を引っ張った。

「きみ、きみ、そういうことをするのはよくない。普遍理性にもとるおこないだ。時と場所を心得たまえ」

「うるせえな！」相手は言い返した。「おれは水夫で、オランダ領はジャワ島のな、ジャカルタの生まれだ。あの日本へ四回も行って、おっそろしい踏み絵を四回も踏んできたんだぞ。普遍理性だか何だか知らねえが、そんなもん振り回して、てめえもとんだ相手を見つけたもんだな」

一方、いくつかの石のかけらで、カンディードは怪我をしていた。道路に横たわり、瓦礫の下になっていた。パングロスに向かって言うのだった。

「先生、ひどいことになりました。傷口を洗う葡萄酒と傷を癒す油〔『ルカによる福音書』の「善いサマリア人」の寓話によれば、隣人とは、傷ついた人を油と葡萄酒で介抱してくれる人である〕を少しばかり手に入れて来てくださいな。ぼくはもう死にそうです」

「こうした地震は今回が初めてというわけではない」とパングロスは答えた。「アメリカ大陸はペルーの都市リマも昨年、同じ震動に見舞われた〔実際にはリマの大地震はリスボンの大地震に九年先立つ一七四六年十月二十八日に発生した〕。同一の原因により、同一の結果が生起しておるのじゃ。ふむ、これは確かだ、リマからリスボンまで地下に硫黄の脈が通っておるのにちがいない」

「そうですね、なるほど、きっとそうなのでしょうね」とカンディード。「でも、どうかお願いです、油と葡萄酒を少しばかり……」

「何、きっとそうなのでしょう、だと？」哲學者はさっそく反論した。「私はだね、事はすでに論証済みであると言っておるのだ」

カンディードは気を失った。そこでやっとパングロスが近くの泉へ行き、水を少しばかり汲んできた。

翌日、瓦礫の隙間にもぐり込んでいささかの食糧を見つけた結果、ふたりは体力を少し恢復した。それから彼らは、他の人びともそうしていたように、危うく死を免れた住民たちの救護に努めた。助けの手を差し延べられた幾人かの住民は、災害状況下で可能なかぎりのよい昼食を彼らに振る舞った。とはいえ、悲しい食事ではあった。食事を共にする者たちは、こぼれ落ちる涙でパンを潤すありさまだった。しかしながらパングロスは、物事は現にあるより他のようにはなり得ないのであーると言い切って、一同を慰めた。

「なんとなれば、こうしたことはどれを取ってみても、あり得べき最善のことなのである。なんとなれば、リスボンに火山がある以上、その火山は他の土地には存在し得なかったわけである。なんとなれば、事物が現に今ある場所に存在しないなどということはあり得ないことなのである。なんとなれば、すべては善なり、なのである……」

黒い服を着た小柄な男がそばにいた。これはカトリックの宗教裁判所、つまり異端審問所で被疑者逮捕にあたる下級取締官であったのだが、丁重な態度でこう発言した。

「どうやら、貴殿は原罪を信じておられないようですな。なぜなら、もし万事が最善の状態にあるとすれば、堕罪（だざい）も罰もなかったということになりますからな」

「まことに畏れながら申し上げるのでありますが、猊下（げいか）」と、パングロスは相手に輪をかけて丁重な態度をとった。「なんとなれば、人間の堕罪と呪いは、およそあり得べきすべての世界のうちで最善の世界である世界に、必然的に含まれていたからなのであります」

「では貴殿は、自由を信じておられないのですかな？」と、下級取締官が訊ねた。

「まことに憚（はばか）りながら申し上げるのでありますが、猊下」パングロスが答えた。「自由は絶対的必然と両立するのであります。なんとなれば、我々はまさに必然的に自由であったのでありまして、なんとなれば要するに、あらかじめ決定されている意志というものは……」

パングロスがまだフレーズの途中にいるというのに、下級取締官は、ポルトガル北部の町ポルト特産のポルト酒を、すなわちその町の別名を用いていえばオポルト酒を彼のグラスに注ぐ役をしていた配下の男に、顎（あご）で合図をした。

第6章

地震を防止する目的で、いかにして異端者火炙(ひあぶ)りの壮麗なる儀式が執り行われたか。また、いかにしてカンディードはむき出しのお尻を叩かれるに到ったたか

リスボンの町の四分の三を破壊した地震のあと、ポルトガルの有識者たちは、町の完全な破壊を予防するには、異端者火炙(ひあぶ)りの壮麗なる儀式を民衆どもに見せてやるにかぎる、それ以上に効果的な手だてはないと考えた。権威あるコインブラ〔リスボンの北方に位置する都市〕大学が、厳(おごそ)かで大がかりな儀式のうちに幾人かの人間がとろ火でとろり、とろりと焼き焦がされていく光景こそは、大地が震動するのを防ぐための、万が一にも間違いのない秘策であると決めていたのである。

それゆえ、自分がある子供の名付け親、すなわち代父でありながら、教会の特別許可を求めることもなしに同じ子供の代母と結婚したことを確認されたイベリア半島北

部ビスカヤ出身の男一人と、若鶏を食する際に、その若鶏を包み込んで保護していたラードをむしり取って捨てた〔豚を食べることを禁じるユダヤ教への忠実さのしるしと見なされる行動〕ポルトガル人二人が、すでに身柄を拘束されていた。昼食後、パングロス博士とその弟子カンディードが縄にかけられた。博士は調子に乗って喋ったがため、カンディードは賛同の様子でそれを聴いたがためであった。両名とも、ただし別々にだが、陽が射し込んで困るような可能性のまったくない、涼しいというか、少々寒いくらいの住居へと案内された。一週間ののち、両名とも、火刑に処せられる者の制服ともいうべき「地獄服」を着せられ、頭を紙のとんがり帽子で飾られた。カンディードのとんがり帽子と地獄服には、逆立ちして下向きになっている炎と、尻尾もなければ、鉤型(かぎがた)の長い爪もない悪魔が描かれていた。が、パングロスの悪魔には、本物のしるしなのであろう、鉤型の長い爪と尻尾がついていて、炎も上に向かって直立していた。彼らはそんな服装で行列を作って歩いた。次に、それはそれは感動的なお説教を拝聴した。お説教のあとには、複数の声部から成るグレゴリア聖歌の美しい音楽が続いた。聖歌が歌われている間、カンディードは鞭打ちの刑に処せられた。公衆の面前でお尻をむき出しにされ、そのお尻を、歌の調子に合わせて叩かれたのである。ビスカヤ出身の男と、ラードを少しも食べようとしなかった二人の男は火炙り(ひあぶ)にされた。そしてパングロスは、慣習ではこれも火炙(ひあぶ)りにされるはずだったが、縛り首にされた。同じ日、大地はまたもや、恐ろしい轟音とともに震動した。

カンディードは恐れおののき、仰天し、度を失い、血まみれになり、全身わなわなと震えつつ、独り言をつぶやくのだった。

「もしこれがあり得べき世界のうちで最善の世界であるなら、いったい他の世界はどんなふうなのか。ぼくが尻を叩かれただけなら、まあよいとしよう。ブルガリアの軍隊でもあんなに殴られたのだから。しかし、ああ、ぼくの大切なパングロス先生！この世で最も偉大な哲學者であった先生、あなたが絞首刑にされなければならなかったとは！　ぼくにはその理由も何もわからないのに。ああ、ぼくの大切な再洗礼派教徒、この世で最良の人であったジャック、あなたが港で溺死しなければならなかったとは！　ああ、キュネゴンド姫！　この世の若い女性のうちでも珠玉の人、あなたがお腹(なか)を切り裂かれなければならなかったとは！」

彼は今にも倒れてしまいそうなありさまで、もと来た道を引き返し始めていた。説教され、お尻を叩かれ、罪を赦され、祝福を与えられた挙げ句のことだった。と、ひとりの老婆が近寄ってきて、彼に言った。

「お若い方、元気をお出しになって。わたしについていらっしゃい」

第7章

いかにしてひとりの老婆がカンディードを介抱したか。また、いかにしてカンディードが恋の相手に再会したか

カンディードは少しも元気が出なかった。けれども、老婆に案内されるまま、一軒のあばら屋に入っていった。老婆は彼に、体に塗る膏薬（こうやく）を一壜（ひとびん）与え、食べ物と飲み物も渡した。そして、どうにか清潔といえそうな小ぶりの寝台を指し示した。寝台の脇に、上下揃いの服が置いてあった。

「食べて、飲んで、お眠りなさい。あなたに、アトーチャの聖母さま、パドヴァの聖アントニウスさま、コンポステラの聖ヤコブさまのご加護がありますように。明日、また参ります」

カンディードは、このところ見てきたことや、身に降りかかってきたことのすべてに呆然としていたのだが、老婆の情けにはことのほか驚き、その手に接吻しようとし

た。

「接吻は別の手のために取っておきなされ」と老婆は言った。「明日、また参ります。膏薬を体に塗って、食べて、お眠りなさい」

カンディードは、あんなに多くの不幸に見舞われたにもかかわらず、しっかり食べ、しっかり眠った。翌日、老婆が朝食を届けに来て、彼の背中の具合を診(み)てくれ、手ずから別の膏薬を塗ってくれる。次には、昼食を届けてくれる。夕方になるとまた来て、夕食を届けてくれる。翌々日もまた、老婆はそれがまるで儀式でもあるかのように同じことをしてくれた。

「あなたは、どなたなのですか」と、カンディードはいつも訊ねる。「誰に言われてこんなに親切にしてくれるの？　本当に、どう感謝すればよいのか……」

親切なその女はひと言も答えない。夕方、彼女はふたたびやってきた。夕食を運んできたのではなかった。

「わたしといっしょにお出(い)でなさい。ただし、話をしちゃいけません」

彼女はカンディードを抱(かか)えるようにして、田舎道をおよそ四分の一マイル〔約四〇〇メートル〕ほど歩く。そして、ある屋敷に辿り着く。屋敷は庭と水路に囲まれている。老婆が潜（くぐ）り戸を叩く。戸が開く。老婆がカンディードを案内して、忍び階段から金色の小部屋へと導く。金銀の刺繍をほどこした絹織物で被われているソファに彼を残し、戸を閉め、立ち去る。カンディードは夢を見ているとしか思えない気分だ。これまでの人生をまるごと忌まわしい夢と思いなす一方で、今このときは快い夢と思った。

ほどなく、老婆がまた姿を現した。今度は、身を震わせる若い女をどうにか支えてやっている。その女は申し分のない体つきで、まばゆいばかりの宝石で身を飾り、顔をヴェールで覆っている。

「ヴェールをとってあげなさいな」老婆がカンディードに言った。若者が女に近づく。おずおずとヴェールを持ち上げる。その一瞬！　まさか！　これはキュネゴンド姫ではないか。然（しか）り、目の前にいるのは紛れもなく、キュネゴンド姫その人だった。カンディードの全身から力が抜ける。口が利けない。その場にへなへなと崩れ落ちる。キュネゴンドもソファに倒れる。老婆が両人の口に気付け薬を大量に注ぎ込む。ふたりが意識を取り戻す。互いに話し始める。初めは言葉がとぎれとぎれで、問いかけと答えがすれ違い、溜め息と、涙と、叫び声が錯綜するばかりだ。老婆は、あまり大きな声を上げないように忠告した上で、ふたりが心おきなく語り合えるように席を外す。

「ああ、驚いた。あなたなのですね」カンディードは言った。「あなたが生きているとは！　ポルトガルで再会するとは！　では、あなたが暴行されたとか、お腹をえぐられたとか、哲學者のパングロス先生からそうはっきり聞いたのですが、そんなことはなかったのですね？」

「いいえ、ありましたわ」と麗しのキュネゴンドは答えた。「でも、あんな目に遭っても、人は死ぬとはかぎらないのね」

「では、あなたのお父さまとお母さまが殺されておしまいになったというのは？」

「それはそのとおりなの」キュネゴンドの目から涙がこぼれる。

「お兄さまは？」

「兄も殺されました」

「じゃ、どうしてあなたは今ポルトガルにいるのですか。それに、どうしてぼくがこの地にいることを知り、いったいまたどんな偶然のめぐり合わせで、ぼくをこの家に連れて来させることになったのですか」

「何もかもお話するわ」と、男爵令嬢は応じた。「でもその前に、あなたが無邪気にあたしに接吻をなさって、そのために足蹴にされておしまいになったあの時からあと、あなたの身にどんなことが起こったのか、ぜひすっかり伺いたいの」

カンディードは深い敬意を示して彼女の言葉に従った。そのとき彼はまだ茫然自失の態（てい）であったけれども、声が弱々しく震えがちであったけれども、さらには背骨がなお少々痛んでいたけれども、それでも、ふたりが別れ別れになった時以来体験したことの一部始終を、これ以上はないというほど自然な語り口で語った。キュネゴンドは、たびたび天を仰ぎ見た。善良な再洗礼派教徒とパングロスの死には涙した。そのあと、彼女は次のような話をした。カンディードはひと言も聞き逃さない。眼の前にいる彼女をむさぼるがごとくに見つめている。

第8章

キュネゴンドの物語

「わたくしはそのときベッドにいて、ぐっすり眠っていたのです。突然、神さまがそう思し召(おぼしめ)したのか、ブルガリア〔当時ブルガリアは存在していなかった。ここの呼称で仄めかされているのはプロイセン〕の兵士たちが、わたくしたちトゥンダー゠テン゠トゥロンク家の美しいお城に踏み込んできました。そして、お父さまとお兄さまの首を搔き切り、お母さまの体をばらばらに切り刻んでしまったの。身の丈が六ピエ〔二メートル弱〕もある大男のブルガリア兵が、そんなありさまを前にわたくしが気絶しているのをいいことに、力ずくでわたくしを犯そうとしました。それで、わたくしははっとしました。意識を取り戻しました。悲鳴を上げました。藻搔(もが)きました。嚙みつきました。引っ搔きました。大男のブルガリア兵の眼をえぐり取ってやりたかったの。お父さまの城館で起こったあしたすべてのことが戦時には当たり前だなんて、知らなかったのですもの。乱暴者はわたくしの左の脇腹に短刀を突き刺しました。そのときの傷痕、今でも残っていますのよ」

「何たること！　その傷痕を見せていただきたいです」無邪気にも、カンディードが言った。

「いずれお見せするわ」とキュネゴンド。「でも、まずは続きをお話ししましょう」

「どうぞ続けてください」

　彼女は本題に戻ってこう語った。

「ブルガリア軍の隊長が部屋に入ってきて、すぐに、血まみれになっているわたくしに目を留めました。ところが、兵士のほうは立ち上がろうともしません。隊長はその乱暴者が上官への敬意をろくに示さないことに腹を立て、兵士をわたくしの体の上で殺しました。それから部下に命じてわたくしの手当てをさせると、わたくしを捕虜として自分のテントへ連れて行きました。わたくしは隊長が持っていた少しばかりの下着の洗濯や、食事の拵えをすることになりました。実はね、これはもう正直に言うほかないので言いますけれど、隊長はわたくしのことをとても可愛いと思っていたの。まあ、わたくしだって、その人がとっても姿がよくて、白いなめらかな肌をしていたことは認めないわけにいきません。尤も、才気は乏しくて、学問もお粗末な人でした。

パングロス博士に育てられたのでないことが明らかでした。三カ月もすると、隊長は持ち金を使い果たし、わたくしにも飽きてしまって、わたくしをドン・イッサカルという名のユダヤ人に売り飛ばしました。このユダヤ人はオランダやポルトガルで貿易商をしているのですが、骨の髄まで女好きなんです。で、わたくしに対してたいそう熱を上げました。でも、そう簡単に自由にされてたまるものですか、わたくしはブルガリア兵相手のときよりも頑強に抵抗しました。貞淑な女は一度は犯されることがあるにせよ、それで却って操が堅くなるんですから。ユダヤ人はわたくしを手なずけたくて、ご覧のような別荘へ連れて来ました。わたくしったらそのときまで、トゥンダー＝テン＝トゥロンクの城館よりも立派なものなんて、この世に一つもないと信じていましたのよ。ここへ来てみて、世間知らずだったと思い知りましたわ。

異端審問所の大審問官が、ある日のミサでわたくしに目を留めました。繰り返し色目を使ってきました。やがて、内々に話したいことがあると言ってよこしました。わたくしは大審問官の邸宅へ案内されて、自分の素性を明かしました。すると大審問官は、わたくしのように高貴な生まれの者にとって、イスラエル人ごときの囲われ者になるのがどれほど身を落とすことかを説いて聞かせました。そして、ドン・イッサカルのもとへじきじきに人を送り、わたくしを猊下に譲らないかと提案させました。ドン・イッサカルは宮廷御用の銀行家ですし、いろいろと影響力を行使できる立場にあるので、首をタテには振りませんでした。大審問官は、異端者として火炙りの刑に処すぞと言って彼を脅かしました。さすがのユダヤ人もこれには怖じ気づき、取引をして契約を結びました。以後、この別荘とわたくしを二人の共有にするというのです。ユダヤ人は月曜日、水曜日、そしてユダヤ教の安息日、つまり金曜の夜から土曜の夜までを自分の取り分としました。大審問官は毎週のそれ以外の日の権利を得ました。ここ六カ月、この取り決めが継続しています。揉め事がなかったわけではありません。というのも、土曜から日曜にかけての夜が旧約聖書の律法に属するのか、それとも新約聖書の教えに属するのか、しばしばはっきりしなかったのですもの。わたくしはといえば、今に到るまで、旧いほうの掟にも、新しいほうの掟にもしっかり抵抗してきました。わたくし、思うんですのよ、しっかり抵抗してきたからこそ、自分はいつも変わらず恋慕されてきたのだって。

　結局、地震の災いをかわすために、またドン・イッサカルを脅かすために、大審問官猊下は内心ほくそ笑んで異端者火炙りの儀式を執り行いました。猊下はその儀式にわたくしを招きました。わたくしには、とてもよい席が用意されていました。上流の婦人たちには、ミサと刑の執行の合間に飲み物と軽食が供されましたのよ。でも、本当のところ、あの二人のユダヤ人と、自分がある子供の代父でありながら同じ子供の代母と結婚したあのまじめなビスカヤ出身の男が焼き殺されるのを目の当たりにしただけで、わたくしは恐怖に戦きました。ですから、地獄服を着せられ、とんがり帽子を被せられた人の顔がパングロス先生に似ているのを見たとき、どんなに驚き、恐れ、混乱したことか！　わたくしは目をこすりました。よくよく見ました。パングロス先生が吊されるのを目撃しました。途端に、失神してしまいました。やがて意識を取り戻しましたが、すると今度はあなたが何もかも脱がされ、丸裸にされているのが目に入りました。それはもう、恐怖の、仰天の、痛みの、絶望のきわみでした。因みにわたくし、本当のことを言いますわね。あなたの肌って、あのブルガリア軍の隊長の肌と比べても、いっそう白くって、いっそう血色のいい、素敵なバラ色なのね……。その光景を前にして、わたくしをふだんから圧し潰し、苛むすべての感情が倍の大きさになって押し寄せました。わたくしは悲鳴を上げました。言いたかったんです。『いい加減にしなさい、野蛮人！』って。でも、声が喉から出てきませんでした。それに、わたくしが叫んだところで無駄だったと思います。あなたがさんざんお尻を叩かれるのが終わったとき、わたくしはこう呟いたのでした。『愛すべきカンディードと賢人パングロスがリスボンに来ていて、ほかでもない、わたくしのことを最愛の女だと言っている大審問官猊下の命令で、一人は鞭打ち百回の刑に、もう一人は絞首刑にされるなんて、これはいったいどうしためぐり合わせなのかしら？　パングロスは、何事もこの上なくうまくいくだなんて言って、わたくしを残酷に欺（あざむ）いたということになるわ』。

　昂奮して、気も狂わんばかりで、逆上したり、気を失って死の瀬戸際まで行ったりしましたけれど、わたくしの頭の中はいろいろなことでいっぱいでした。お父さまや、お母さまや、お兄さまのむごたらしい殺され方、あの下賤なブルガリア兵の無礼な振る舞い、あの兵士にナイフで一突きされたこと、奴隷に成り下がった自分の身の上、料理女としての仕事、ブルガリア軍のあの隊長、ドン・イッサカルの下品さ、大審問官のおぞましさ、パングロス博士の絞首刑、あなたがお尻を叩かれている間ずっと歌われていたグレゴリア聖歌のあの盛大な『主よ哀れみたまえ』、そしてとりわけ、あなたとお別れすることになったあの最後の日、屏風の蔭でわたくしがあなたにした接ったあのとき、わたくしは讃えましたの。あんなにも試練を課した末にあなたをわたくしのところへ連れ戻してくださった神さまを、わたくしは讃えました。そして婆やに言いつけましたの。あなたの介抱をした上で、できるだけ早くここにお連れするように。彼女は言いつけどおりに本当によく動いてくれました。わたくしね、あなたに再会し、お声を聞き、お話ができて、言葉にできないくらい嬉しかったわ。あなた、さぞかしお腹が空いているでしょう。わたくしもお腹ぺこぺこよ。まずは夕食にしましょうね」

こうしてふたりは、揃ってテーブルにつく。夕食が済むと、すでに語ったあの豪奢なソファに戻る。ふたりがそうしているところへ、この家の持ち主たるドン・イッサカル氏が到着した。その日はちょうど安息日なのだった。この男は自分の権利を享受し、甘い恋慕の情を聞かせたくて、いそいそとやって来たのであった。

第9章

キュネゴンド、カンディード、異端審問所の大審問官、ならびにユダヤ人イッサカルの身に起こったこと

イッサカルは、イスラエルの民が紀元前六世紀にバビロンで虜囚になってからこのかた輩出したヘブライ人のうちでも、他に例がないほど怒りっぽい男だった。

「何だ！」と彼は怒鳴った。「キリスト教徒の牝犬め、大審問官殿だけでは足らぬのか？　どこの馬の骨とも知れないこの卑賤の者までも、おれと同等の共有者にせねばならんのか」

そう言うが早いか、男は常時身に帯びている刃渡りの長い匕首（あいくち）を引き抜き、相手方が武器を携えているとは思いもよらず、カンディードに襲いかかる。ところがどっこい、われらが善良なるヴェストファーレンの男カンディードは、あの老婆から、上下揃いの服とともに立派な剣を受け取っていたのだ。ふだんはいたって素行の穏やかな

カンディードだが、意を決して剣を抜く。そしてたちまち、麗しのキュネゴンドの足元、贅沢な床石の敷かれている上にユダヤ人を打ち倒し、そのまま息絶えさせる。

「聖母さま！」キュネゴンドは叫んだ。「わたくしたちはどうなるのでしょう。この家で人が殺されるなんて！　司法官がやって来ようものなら、わたくしたちは破滅よ」

「もしパングロス先生が絞首刑になっていなければ」とカンディードは言った。「この窮地でどうしたらいいか、よい助言をしてくださるのでしょうが……。なにしろ先生は偉大な哲學者でしたからね。先生がもういない以上、婆やに相談してみましょう」

老婆は少しも慌てなかった。彼女が意見を述べ始めていると、また別の潜り戸が開いた。時刻は午前一時で、日曜日が始まっていた。この日の権利は異端審問所の大審問官猊下のものだった。彼が部屋に入ると、目の前には、むき出しのお尻を叩かれたあのカンディードが、今は抜身を携えて立っているではないか。床には死人が倒れている。キュネゴンドが呆然自失の態でいる。そして婆やが何やら助言を与えている。

この瞬間、カンディードの胸の内にどんな考えが生まれたか、彼がその考えをどう推し進めたか、それはこうだった。

――もしこの聖職者が助けを呼んだら、ぼくは間違いなく火炙り（ひあぶ）にされる。キュネゴンドも同じ目に遭いかねない。こいつは情け容赦もなくぼくを鞭打ちの刑にした張本人だ。しかも、恋敵（こいがたき）だ。ぼくは今殺意を抱いている。ためらうものか。

きっぱりした、素早い推論だった。カンディードは、不意のことに驚く大審問官に落ち着きを取り戻す余裕を与えない。剣を突き立てて相手の体を完全に貫き、ユダヤ人の隣に打ち倒す。

「あらまあ、これで二人目」とキュネゴンドが言った。「もうご赦免（しゃめん）はあり得ない。わたくしたちは教会から破門されてしまう。とうとう最期（さいご）を迎えるのだわ！　いったいどうなさったの？　生まれつきとっても穏やかなあなたが、あっという間にユダヤ人と、教会でも高い位の神父さまと、二人も殺してしまうなんて」

「麗しのお嬢さま」とカンディードは答えた。「恋をして、嫉妬をして、おまけに異端審問所の裁きで鞭打ちの刑にされたとなれば、誰だって逆上するんです」

そこへ老婆が割って入り、言った。

「馬小屋にアンダルシア産の馬が三頭いて、鞍も手綱も揃っています。カンディードさんは馬の準備をなさるがよろしい。奥方さまはポルトガルの金貨とダイヤモンドをお持ちですね。一刻も早く馬に乗りましょう。もっとも、わたくしは片方のお尻で乗っかるしかないのですけれど。そしてカディス〔スペインの大西洋岸の港町〕へ参りましょう。今は最高の陽気ですし、夜の涼しいうちに旅するのは気持ちのよいものですよ」

時を移さず、カンディードが三頭の馬に鞍をつける。キュネゴンドと老婆と彼は、一気に三十マイル〔約四十八キロ〕を駆け抜ける。彼らが遠ざかっていく間に、警防団が屋敷に到着。猊下の遺体は立派な教会に埋葬される。一方、キリスト教徒でないイッサカルの遺体はごみ捨て場に投げ棄てられる。

カンディードとキュネゴンドと老婆はその時すでに、スペイン南部、モレラ山塊の奥に位置するアヴァセーナという小さな町に着いていた。そして、とある居酒屋で次のような話をしていた。

第10章

カンディード、キュネゴンド、及び老婆が、いかなる苦境に置かれながらカディスに辿(たど)り着いたか、また、彼らの乗船の経緯(いきさつ)

「ああ、いったい誰がわたくしの金貨とダイヤモンドを盗んだのかしら」キュネゴンドが泣いている。「わたくしたち、これから何を糧(かて)に生きていくの？　どうすればいいの？　お金やダイヤをわたくしにくれる大審問官やユダヤ人、どこへ行けば見つかるの？」

「やれやれ」老婆が嘆く。「昨日バダホス〔ポルトガル国境に近いスペインの町〕で、フランシスコ会の修道士の方がわたくしたちと同じ宿に泊まりましたね。あの方が怪しい……。いえ、もちろん、軽はずみなことは申せません。けれどねえ、あの神父さまは二度もこちらの部屋に入って来られて、しかも、わたくしたちよりずっと早く宿を発たれました」

「やれやれ」今度はカンディードが嘆く。「パングロス先生がたびたび証明してくださったところでは、およそ地上の富は万人の共有物であって、それに対しては誰もが平等な権利を持っているんです。この原理にしたがえば、あのフランシスコ会修道士も、われわれが無事に旅を終えるに足るだけのものは残してくれたはずです。ねえ、麗しのキュネゴンド、お手元に本当に何ひとつ残っていないの？」

「ええ、びた一文も」と彼女。

「どうしたものか？」カンディードは頭を抱えた。

「馬のうちの一頭を売りましょう」と老婆が言った。「お嬢さまとわたくしは二人乗りをするんです。わたくしがお嬢さまの後ろに乗ります。尤も、わたくしはお尻の半分でしか乗れませんけど……。そうすれば、カディスまで行けます」

同じ宿屋にベネディクト会修道院の院長がいて、馬を安値で買い取った。カンディード、キュネゴンド、及び老婆は、ルセーナを過ぎ、チラスを過ぎ、レブリハを過ぎ、ついに港町カディスに辿り着いた。折しもカディスでは、艦隊が装備され、兵隊が集められているところだった。パラグアイへ宣教活動に行ったイエズス会の神父たちが、彼の地のサンタ・サクラメントという町の付近で野蛮な原住民らをけしかけ、こともあろうにスペイン王とポルトガル王に対して反抗させたらしい。けしからぬ神父たちだ、ものの道理を悟らせてやれというので、軍隊を送ることになったのだった。以前ブルガリア軍に服役したことがあったカンディードがその小遠征軍の司令官の前でブルガリア式の教練をやって見せたところ、それがすこぶる優美で、敏速で、器用で、堂々としていて、かつ軽快であったので、歩兵隊の指揮を命じられた。一躍、約百名の兵を率いる隊長に出世したわけである。そこでカンディードは、キュネゴンド姫、老婆、それに二人の召使いを引き連れ、もとはポルトガルの大審問官の所有だったアンダルシア産の二頭の馬とともに、軍艦に乗り込んだ。

彼らは航海中ずっと、今は亡きパングロスの哲學をめぐって盛んに議論した。

カンディード曰く、「ぼくたちは今、別の世界へ向かっているんです。その世界こそはきっと、すべてが善である世界にちがいない。というのも、われわれの世界で起こっていることは、物質面でも精神面でも、いささか嘆かわしいと認めないわけにいきませんからね」

キュネゴンド曰く、「わたくし、心からあなたを愛しているわ。でも、これまでに目にしたこと、体験したことのショックから、まだ立ち直れないそうにないの」

カンディード曰く、「大丈夫、万事うまく行きます。ほら、どうです、海ひとつとっても、新世界はヨーロッパよりましじゃありませんか。波が穏やかだし、風も一定の吹き方だ。うん、間違いない。新世界こそ、あり得べきすべての世界のうちで最善の世界なんです」

キュネゴンド曰く、「神さまがそう思し召しになりますように！　でも、わたくしは自分の生まれ育った世界であんなにも惨く不幸せだったのですもの、心が閉じてしまって、すなおに希望を受け入れる気になれない」

すると、老婆が口を出した。

「おふたりはそう言って嘆いていなさるが、いやはや、このわたくしほどの不幸を嘗めてこられたわけではない」

キュネゴンドはほとんど吹き出しそうになった。わたくしを差し置いて、自分のほうが不幸だと言い張るなんて、このお人好しはいったい何を勘違いしているのかしら。

「まあ！　婆や、あなた、二人のブルガリア兵に乱暴されたかしら？　短刀を二回、お腹に突き刺されたかしら？　住んでいたお城を二つ、取り壊されたかしら？　二人の父親と二人の母親が首を掻き切られるのを目の当たりにしたかしら？　異端者火炙りの儀式で二人の恋人が鞭打ちの刑になるのに立ち会ったかしら？　そんなことが実際にあったのでもないかぎり、不幸せだという点であなたがわたくしに勝るなんて言えないわよ。おまけにね、わたくしは貴族度七十二クォーターを数える家系の男爵令嬢として生まれたのよ。それなのに、料理女にまで身を落としたの」

「お嬢さま」と老婆は応じた。「あなたはわたくしの生まれをご存知ありません。それに、もしわたくしがお尻をお目にかけたら、もうそのようなものの言い方はなさらないでしょうし、ご判断も保留なさるはずですよ」

この話しぶりに接し、キュネゴンドとカンディードは事の次第を知りたくてたまらなくなった。老婆はふたりに、次のような話をした。

第11章　老婆の物語

「わたくしは昔からこんなふうに白眼に赤い筋の浮き出た、そして縁(ふち)の部分の真っ赤になった眼をしていたわけではありません。鼻も今ではすっかり垂れ下がり、顎(あご)まで届いていますけれど、昔からこうだったのではありません。そもそも、もとから下女だったわけではないのですよ。わたくしの父は教皇ウルバヌス十世〔歴史上は実在しない〕、母はパレストリナ〔ローマ近郊の町で、ウルバヌス八世（在位一六二三〜四四年）を輩出したバルベリーニ家所有の公国であった〕の公女なのです。そんなふたりの間に生まれた娘として、わたくしは十四の歳まで宮殿で育てられました。正真正銘の宮殿ですから、あなた方がご存知のドイツの男爵のお城を全部持ってきても、あそこでは厩(うまや)にすらならなかったでしょう。わたくしのドレスは、どの一着をとっても、ヴェストファーレン地方の豪奢な品々を全部合わせたよりも値打ちものでした。わたくしは人びとの喜びと敬意と希望に包まれ、麗しく、優雅に、才たけて成長しました。そして早くも、男たちに恋心を起こさせるまでになっていました。胸が女らしく膨らんできていました。しかも、なんという胸だったことでしょう！　白くて、少しのたるみもなく、その形たるや、あのメディチ家のヴィーナス像〔現在はフィレンツェのウフィツィ美術館に展示されているギリシャ彫像〕の胸さながらでした。加えて、眼の美しかったことといったら！　瞼(まぶた)も！　黒々とした眉(まゆ)も！　両の瞳は炎を宿してきらきらと輝き、界隈の詩人たちがわたくしに会うたびに言ったように、星の瞬(またた)きさえも消してしまうのでした。わたくしに衣装を着せたり脱がせたりする役目の女たちは、わたくしを前から眺め、また後ろから眺め、いつも惚れ惚れしていました。男たちは誰しも、もしできることなら喜んであの女たちの代わりを務めたことでしょう。

　わたくしはマサ＝カララ公国〔トスカーナ地方の小さな公国〕の君主と婚約しました。それはもう、素晴らしいお方でした！　わたくしに劣らず美しく、この上なく優しくて、感じがよくて、才気にあふれ、愛に燃えていらした。わたくしは、初めて人を恋する娘らしく、大公のことを偶像のように崇め、夢中になって愛しました。婚礼の準備が整えられました。その婚礼は盛大な儀式、かつてあったためしがないほどに豪華絢爛な儀式でした。数々の祝宴が、騎馬パレードが、喜歌劇(オペラ・ブーフ)が続きました。そしてイタリア中がわたくしに捧（ささ）げる十四行詩（ソネット）を作ってくれました。もっとも、どうにかわたくしにふさわしいと言えるほどの作品は一つとしてなかったのですけれど。わたくしが幸福の絶頂に達しようとしていたとき、以前大公の愛人であった年配の侯爵夫人が、大公を自分の屋敷に招いてココアを飲ませました。大公は恐ろしい痙攣を起こして、二時間もしないうちに亡くなりました。……でもね、これなどはまだ、わたくしの話の序の口なのです。母はすっかり気落ちし、でもわたくしに比べれば悲しみの程度がずっと低かったのですが、こんな不吉な住まいからしばらく離れたいと言い出しました。母はローマ南方の港町ガエタの近くにたいそう立派な土地を持っていました。で、わたくしたちは地元のガレー船に乗り込みました。その船ときたら、ローマのサン＝ピエトロ寺院の祭壇のように金ぴかでした。海上でふと気がつくと、サレ〔現在のモロッコの首都ラバトの対岸の港。かつて海賊の根拠地だった〕の海賊船が、こちらに向かって突進してきて、わたくしたちの船に接舷するではありませんか。乗り移ってくる海賊に対して、こちらの兵士たちはいかにも教皇の兵隊らしく防戦しました。つまり、一同武器を投げ棄てて跪（ひざまず）いてしまったのです。そして、本来カトリックの神父さまに乞うべき「末期（まつご）の」赦免（しゃめん）を、イスラム教徒の海賊たちに向かって求めたのです。

たちまち、兵士たちは着ているものを剝ぎ取られ、猿のように裸にされました。わたくしの母も同じ扱いを受けました。侍女たちも同じでした。わたくしも同じでした。あの殿方たちが人を丸裸にするときの手際のよさには感心してしまいます。でも、それにもまして、こんなことがあるなんてと思ったのは、あの殿方たちが、わたくしたち一人ひとりを摑まえてですよ、女ならふつう浣腸器の管しか入れさせない場所へ指を突っ込んだのです。なんて奇妙な、わけのわからない儀式をするのかと、わたくしは呆れました。自分の国から出たことがないと、何かにつけこんなふうに思ってしまうものなのです。ですが、ほどなくして教わりました。あれは、わたくしたちがダイヤモンドをあそこに隠し持っていないかどうかを調べるためだったのです。海の上を駆けめぐるほど、つまり海賊行為を働くほど開化した民の間では太古の昔から、必ずそうするものと決まっている風習なのですね。マルタ騎士団〔一五三〇年以降、マルタ島を拠点としてキリスト教徒をイスラム教徒から護る軍事的役割を担っていた修道会〕の信心深い騎士の方々だって、トルコ人の男や女を捕らえると必ず同じことをするのですって。そうすることこそが国際法の法規の一つで、これまで皆がきちんと、しっかり遵守してきたのですって。

　母親もろとも奴隷にされてモロッコへ連れて行かれるのが若い公女にとってどれほ

ど辛いことか、それについては何も申しません。いちいちお話ししなくても、海賊船の中でわたくしたちが耐え忍ばなければならなかったことすべて、充分にお察しがつくと思います。母は当時もなお、とても美しい女性でした。侍女たちはもちろん、ただの小間使いたちにしても、アフリカ中探しても見つからないほどの器量よしでした。わたくしはといえば、すばらしい美貌に恵まれていました。美そのもの、優雅さそのもので、そしてまだ処女だったのです。でも、長くそのままでいられる筈はありませんでした。その花は、美しいマサ＝カララ大公のために大切に取っておかれていたのでしたが、海賊の首領に掠（かす）め取られてしまいました。首領はぞっとするほど醜い顔の黒人でしたけれども、わたくしにたいへんな名誉を授けているつもりでいました。本当にね、パレストリナ公国のれっきとした公女であった母も、その娘であったわたくしも、モロッコに着くまでに経験させられた、あんなすべてのことを凌（しの）いで生き延びたのですから、ずいぶん気丈でい続けることができたものだと思います。でも、その話は省略しましょう。実際にはごくありふれたことなので、わざわざ語るほどの値打ちはありません。

モロッコに到着してみると、そこは血で血を洗う争いの最中（さなか）でした。ムーレイ・イスマーイール皇帝〔在位一六七二〜一七二七年〕の五十人の息子がそれぞれ自分の党派を率いていて、そのために実に五十もの内戦が勃発していました。黒人対黒人、黒人対浅黒い肌の人種、あるいはまた浅黒い肌の人種同士、黒人と白人の間の混血児同士というように入り乱れ、帝国全土で絶え間もなく殺戮が繰り返されていたのです。

わたくしたちが上陸するやいなや、海賊船の属する武装グループと敵対している武装グループの黒人たちが現れ、海賊の首領から獲物を奪い取ろうとしました。海賊が手に入れたもののうち、わたくしたち女は、ダイヤモンドと金に次いで貴重なものでした。わたくしが目の当たりにしたのは、ヨーロッパの風土のもとではけっして見ることができないような闘いでした。北方の民族には血の気が足りていません。男が女に執着するといっても、アフリカでなら当たり前といえる度合いには遠く及びません。ヨーロッパ人の血管には乳が流れているようですよ。それに対して、北アフリカのアトラス山脈とあの近辺の住民の血管には、まさに硫酸が、火が、流れているのです！彼らはあの地方の獅子の、虎の、蛇の凄まじさをもって、わたくしたちが誰のものであるかを決めようとしました。ムーア人が母の右腕を摑んだかと思えば、海賊船の隊長の一人が左腕を抱えました。別のムーア人兵士が母の片方の脚を摑んでも、海賊の一人がもう一方の脚を押さえていました。わたくしたちの侍女たちもほとんど全員が、一度はそんなふうにして四人の兵士に四方へと引っ張られました。海賊船の首領はわたくしを自分の後ろに隠すようにして敵に立ち向かいました。三日月刀を握りしめ、自分の猛烈な感情に逆らう者を片っ端から切り殺すのです。ついにわたくしは、同行のイタリア人女性全員と、わたくしの母が、彼女たちを奪い合う怪物どもによって引き裂かれ、切断され、惨殺されるありさまを目撃することになりました。捕虜になっていたわたくしたちの側の連れの男たちも、彼らを捕虜にした者たちも、兵士も、水夫も、黒人も、浅黒い肌の者たちも、白人も、黒人と白人の混血児たちも、そして海賊の首領にいたるまで、皆がこぞって殺されてしまいました。わたくしは、死体の山の上で息絶え絶えとなりました。ご承知でしょう、こんな光景が三百里〔約一二〇〇キロ〕以上にもわたって拡がる地域一帯で繰り広げられていたのです。それでいて人びとは、マホメットに命じられた一日五回のお祈りは欠かさないのでした……。

血まみれになって積み重なるたくさんの屍体の群れから、わたくしは四苦八苦の末に逃れ出ました。そして、近くの小川のほとりの大きなオレンジの木の下まで足を引きずって辿り着きました。が、そこで、ばったり倒れてしまいました。恐怖と、疲れと、嫌悪と、絶望と、飢えのせいでした。まもなく、消耗し切ったわたくしの五感が、休息よりも失神に近い眠りに落ち込んでいきました。衰弱と無感覚のそんな状態にあって、生死の境をさ迷っていたのところ、ふと、何やら体の上で動くものがあり、それに圧(お)されているような気がしました。で、目を開けました。顔立ちのよい白人の男が目と鼻の先にいて、溜め息をつき、もぐもぐとイタリア語で呟いていました。

——アア、情ケナイ、コンナトキニ、キンタ※ガナイナンテ！」

第12章　老婆の不幸（続篇）

「故国の言葉を耳にしてわたくしは驚きもし、喜びもしましたが、でもそれに劣らず、男の口から洩れてくる言葉に唖然としました。で、言ってやりました。あなたが嘆いていることなどよりもっともっと大きな不幸がこの世界にはあるのですよって。そして自分がどんな酷い目に遭ってきたかを手短に話したのですが、そのあと、わたくしはまたもや気を失ってしまいました。男はわたくしを近くの家まで運び、寝台に横たわれるように手配し、食べ物を持って来させ、それをわたくしに食べさせ、わたくしを慰め、わたくしの機嫌をとり、そしてわたくしに言いました。あなたに匹敵するほど美しいものは未だかつて目にしたことがない、自分の失ったものはもはや誰の力を借りても取り戻すことができないのだが、それを今日ほど残念に思ったことは未だかつてなかった、と。

——私はナポリの生まれなのです、と彼は言いました。ナポリでは毎年、二千人から三千人の男の子が去勢されます。その結果、死んでしまう者もいますが、女よりも美しい声になる者もいるし、やがて諸国家の中枢部でのし上がっていく者もいます。私の場合、手術は大成功でした。私はパレストリナの公女さまの礼拝堂付き歌手になったのです。

——母のですって！　思わずわたくしは声を上げました。

——あなたのお母さまですと！　彼は叫び、はらはらと涙を流しました。何ということか！　それではあなたはあの幼かった公女さま、六歳におなりになるまで私がお育て申し上げた公女さまなのですね。たしかにあの頃からすでに、今のように美しくおなりになるだけのことはありましたが。

——ええ、わたくしですとも。母はここから四百歩ばかりの所で、四つ裂きにされたまま死体の山に埋（うず）もれています。

わたくしはこの身に起こったことのすべてを彼に話しました。彼のほうも、それまでの体験をわたくしに語り、いったいどういう経緯（いきさつ）で某キリスト教国からモロッコ国王のもとへと派遣されたのか、教えてくれました。派遣の目的は、モロッコ国王と条約を結んであの国に火薬や大砲や軍艦を提供し、他のキリスト教国の貿易を壊滅させるのに手を貸すことだったのです。

——私の任務はすでに完了しました、と、この正直な宦官(かんがん)は言いました。これからセウタ〔ジブラルタル海峡のモロッコ側に位置するスペイン領の港〕で船に乗りますから、あなたをイタリアへ連れて帰って差し上げますよ。アア、情ケナイ、コンナトキニ、キンタ※ガナイナンテ！

わたくしはうれし涙を流しつつ、お礼を言いました。ところが、彼はわたくしをイタリアへ連れて帰るどころか、アルジュへと引っ張って行き、あちらの太守に売りつけました。わたくしが売られて数日もしないうちに、アフリカ、アジア、ヨーロッパをひと巡りした伝染病ペストがアルジェにも発生し、猛威を振るいました。あなた方は地震をご覧になりましたね。では、お嬢さま、ペストに罹った経験はおありですか」

「いいえ、一度も」と、男爵令嬢が答えた。

「もしペストを知っていらしたら」と老婆は言葉を継いだ。「地震の一つや二つは物の数でないと、きっとお認めになるはずです。そんなペストですけれど、アフリカではまったく珍しくありません。わたくしも感染しました。まあ、当時のわたくしの状況を思ってもみてください。教皇の娘ともあろうものが、まだ十五歳だというのに、わずか三カ月の間に貧困と奴隷の境遇を味わい、毎日のように凌辱され、母親が四つ裂きにされるのを目の当たりにし、飢餓と戦争の憂き目に遭ったあげく、アルジェでペストに罹って死にかけていたのです！　でも、わたくしは死にはいたしませんでした。例の宦官と、太守と、アルジェの後宮の女たちのほとんどは病死してしまったのですけれども。

恐ろしいペストの被害が一段落した頃、太守の奴隷は皆、売りに出されました。ある商人がわたくしを買い、チュニスへ連れて行きました。そしてチュニスで、また別の商人に売りました。その別の商人がわたくしをトリポリへ売りました。トリポリから、わたくしはアレクサンドリアへ転売され、アレクサンドリアからスミルナ〔現在のイズミール。エーゲ海に面するトルコの港町〕へ、スミルナからさらにコンスタンチノープル〔現在のイスタンブール〕へと転売されました。最後にわたくしは、トルコの近衛兵師団〔もともとキリスト教徒の捕囚たちで構成されていた部隊〕を指揮する将軍の一人のものとなりましたが、その将軍はまもなく、ロシア軍に包囲されたアゾフ〔ドン河の河口に位置する港町〕を防衛すべく、出陣を命じられました。

この将軍はとても色好みで、自分の妾たちを一人残らず引き連れて戦地へ赴き、わたくしたちをパルス＝メオティデス〔現在のアゾフ海〕に面する小さな要塞に住まわせました。護衛は黒人の宦官二人と、兵士二十名でした。トルコ側はロシア兵を殺しに殺しましたが、ロシア軍もこちらに対してたっぷり仕返しをしました。アゾフの町は炎と血の海と化しました。女であろうと、老人・子供であろうと、容赦なしでした。最後に残ったのはわたくしたちの小さな要塞だけでした。敵は兵糧攻めで要塞を落とそうとしました。二十名の近衛兵は絶対に降伏しないという誓いを立てていました。餓死しかねないまでに追い込まれると、誓いを破ることになるのを恐れ、彼らは致し方なく二人の宦官を食べました。数日後、今度は女たちを食べると決めました。

　実はわたくしたちに、イスラム教の導師(イマーム)が一人同行していました。とても敬虔で、とても同情心の厚い導師(イマーム)でした。このお方が兵士らに向かって見事なお説教をし、わたくしたちを完全に殺してしまうことのないようにと説得なさいました。

――切り落とせばよろしい、と導師はおっしゃいました。これらご婦人がた一人ひとりのお尻の半分だけを切り取りなさい。それだけで大したご馳走にありつけますぞ。そうしておけば、何日かしてまた必要になったとしても、まだ同じくらい残っているというものじゃ。それほどまでに慈悲深いおこないをすれば汝らは神さまに認めていただけるだろうし、救い出してもいただけるであろう。

導師はたいそう雄弁でした。近衛兵たちは納得しました。こうしてわたくしたちに、あの恐ろしい手術が加えられました。導師はわたくしたちに、割礼をほどこされた直後の子供につけるのと同じ軟膏(なんこう)を塗ってくださいました。わたくしたち女は皆、息も絶え絶えでした。

わたくしたちの差し出した食事を近衛兵たちが終えるか終えないかのうちに、ロシア軍が平底船で襲ってきました。命拾いした近衛兵は一人としていません。ロシア兵は、わたくしたちの体の状態には目もくれませんでした。フランス人の外科医というのはどこにでもいるものです。ロシア軍の部隊にも一人付き添っていたのですが、この外科医がなかなかの腕の持ち主で、わたくしたちの手当てをしてくれました。ふたたび動ける状態にしてくれたのです。そして、これはわたくしの一生の思い出なのですが、傷口がすっかり塞がったとき、なんとわたくしに言い寄ってきました。その外科医はわたくしだけでなく女たち皆に、元気を出すようにと言いました。これまでも攻囲戦になると何度も似たようなことが起こったのだ、これは戦争の掟なのだ、と断言しました。

わたくしたちの仲間は歩けるようになるとすぐ、モスクワへ向かわされました。わたくしはたまたまあるロシア貴族のものになって、庭仕事を言いつけられました。毎日二十回も鞭で打たれたのですよ。けれどもその殿さま、二年後には何か宮廷のもめ事に絡んで、三十人ほどの貴族といっしょに車裂きの刑に処せられました。その事件に乗じてわたくしは逃げました。ロシアを東から西へと歩き通しました。その後長いこと、酒場で女給をしました。リガ〔現在のラトビア共和国首都〕から始まって、各地を転々としたのです。ドイツの町ロストック、ヴィスマール、ライプツィヒ、カッセル、それからオランダのユトレヒト、ライデン、ハーグ、ロッテルダム。貧困と不名誉のうちに齢を重ねました。お尻が半分しかない状態で、かつて教皇の娘として生まれ育ったことは相変わらず忘れることなしに……。何度自殺しようと思ったか知れません。でも、まだ命に未練がありました。この嗤うべき優柔不断さこそはおそらく、わたくしたち人間の持つ忌まわしい傾向のうちでも最悪のものでしょうね。だって、そうでしょう？　いつも地に投げ棄てたいと思っている重荷をずっと背負い続けようとするなんて、自分の生きているありさまがぞっとするほど嫌なのに、その自分の生に執着するなんて、これほど愚かなことが他にあるものですか。わたくしたちをむさぼり食らう蛇を、その蛇に心臓を食べられてしまうときまで愛撫し続けるなんて！

わたくしは運命のせいでいくつもの国を経巡（へめぐ）り、方々の酒場で女給をしましたからね、我が人生がとことん嫌だという人に数限りなく出会いました。ところがそのうち、自分の意志で自分の不幸にケリをつけたのはわずか十二人なのです。黒人が三人、イギリス人が四人、ジュネーヴ市民が四人、そしてロベックというドイツ人の教授〔自殺擁護論を唱え、実際に自殺した実在の人物。一六七二〜一七三九年〕、これだけなのです。さて、最後にわたくしはユダヤ人ドン・イッサカルの家で下女になりました。ドン・イッサカルは、お嬢さま、わたくしをあなたのおそばに付けました。わたくしはあなたの身の上を大切に思うようになり、自分のことよりあなたのことに気を配ってきました。そもそも、我が身の不幸など、けっしてお話しするつもりはなかったのです。ただ、先ほど、お嬢さまがわたくしをちょっぴり苛立たせるようなことをおっしゃいましたでしょう、それから、船では退屈しのぎにいろいろな物語をする習わしがありますでしょう、それでこんな打ち明け話となりました。とにかくね、お嬢さま、わたくしは経験を積んでおります。世の中を承知しております。ひとつ慰みにでも、この船の乗客一人ひとりに報酬を与えて身の上話をさせてごらんなさいまし。しばしば自分の人生を呪ったことのない者が、しばしば自分のことを世界一不幸せだと心中秘かに思ったことのない者がただの一人でもいましたら、わたくしを海へ真っ逆さまに投げ込んでくださっても構いませんよ」

第13章

いかにしてカンディードは、麗しのキュネゴンド及び老婆と別れることを余儀なくされたか

麗しのキュネゴンドは、老婆の話を聞き終えると、身分が高貴で、個人的にも頑張ってきた人に対して尽くすべき礼儀をことごとく尽くした。そして、老婆の提案を受け入れた。すべての乗客を促し、一人ずつ順番に、それまでの人生に起こったことを語らせたのだ。こうしてカンディードと彼女は、老婆の言ったとおりだと認めることになった。

「かえすがえすも残念なことに」とカンディードは言うのだった。「賢者たるパングロス先生が異端者火炙り（ひあぶ）の儀式で慣習に反して絞首刑にされておしまいなった。もしあの先生が生きておられたら、この大地と海を覆い尽くしている物質的な悪と精神的な悪について、見事な説明を聞かせてくださるにちがいないのに。そうしたらぼくだ

って、先生に敬意を表しつつ、あえて二、三の反対意見を述べるくらいの元気は出るのに」

乗客が一人ひとり身の上話をしているうちに、船は進む。やがて、スペイン領のブエノスアイレスに着いた。キュネゴンド、カンディード隊長、老婆の三人がドン・フェルナンド総督のところへ拝謁に行った。ドン・フェルナンド総督は数々の領地を有するスペイン貴族であるからして、「イバラア及びフィゲオラ及びマスカレネス及びランポルド及びソウサのドン・フェルナンド」と名乗っていた。この殿さまは、かくも長大な名前を持つ人間にふさわしい誇りの持ち主だった。人と話をするとき、いかにも貴族風に相手を見下した態度をとる。鼻先をあまりにも上に向け、あまりにも無遠慮に声を張り上げ、あまりにも威圧的な口調で、あまりにも高慢な振る舞い方をことさらにするので、総督に面会する者は誰でも、この男を一発引っぱたきたくなる。この男は色情狂といえるほどの女好きだった。キュネゴンドの容姿はこの男の目に、それまで一度も見たことがないほど美しいものに映った。この男が最初にしたのは、まさかキュネゴンドは隊長の妻ではないだろうなと訊ねることだった。こう問うたときの総督の様子で、カンディードは危険を察知した。ところが彼は、キュネゴンドは自分の妻だと思い切って言ってしまわなかった。なぜか。事実、彼女は彼の妻ではなかったからだ。これは妹だと言ってしまう思い切りも、彼にはなかった。なぜか。事実、キュネゴンドは妹ではなかったからだ。そうした方便の嘘はかつて古代人の間ですこぶる人気があった〔ここでは、旧約聖書の「創世記」におけるアブラハムとサラの物語などが前提になっている〕し、近代人にも役立ち得るのだが、カンディードは心があまりに純粋で、真実に背くことができなかった。

「キュネゴンド姫は」と彼は言った。「私と結婚してくださる予定です。ですので私どもとしては、閣下に私どもの結婚式を取り仕切っていただきたく、慎んでお願い申し上げます」

イバラア及びフィゲオラ及びマスカレネス及びランポルド及びソウサのドン・フェルナンドは、口ひげをひねり上げながら苦々しげな薄笑いを浮かべ、カンディード隊長に部隊の閲兵に行けと命じた。カンディードは従った。総督はキュネゴンド姫とともにそこに残った。さっそく彼女に思いの丈を打ち明け、明日にも教会の神父の前で、あるいはあなたのその魅惑を引き立たせるような別のやり方でもよいが、とにかくあなたと結婚すると言い張った。キュネゴンドは、十五分間待ってほしいと言った。よく考え、婆やに相談し、その上で心を決めたいからと。

老婆はキュネゴンドに言った。

「お嬢さま、あなたは貴族度七十二クォーターのお家柄ですが、お金のほうは文無しですね。ところが今、そのあなたのお考えひとつで、南アメリカ随一の殿さまの奥方になれるのです。それにあの方、ほら、たいそう立派な口ひげをお持ちです。どんな試練にも負けない貞操などというもの、あなたが今更こだわるべきでしょうか。すでにブルガリア兵に暴行されたことがおありでしょ。ユダヤ人と異端審問所の審問官に愛想よくなさったでしょ。不幸な目に遭えば、そのぶん、いい思いをしていいんです。正直いって、もしわたくしがあなたのお立場なら、ためらいなく総督さまと結婚し、カンディード隊長さまを出世させて差し上げますよ」

老婆が、重ねた齢と経験の賜物である実際的な賢明さを活かして話している間に、一隻の小型船が港に入ってきた。その船にはスペイン警察の高官と、その指揮下の警官たちが乗っていた。これには次のようなわけがあった。

キュネゴンドがカンディードとともに大急ぎでリスボンから逃亡する途中、あのバダホスの町でお金と宝石を盗まれた一件を思い出していただきたい。老婆が見抜いたとおり、犯人はフランシスコ会修道士、やたらと袖の広い僧服を着ているので有名なあの会の修道士だったのだ。さて、その修道士は、盗んだ宝石のうちのいくつかを宝石商に売ろうとした。商人はそれらが大審問官のものであることに気がついた。修道士は絞首刑になったが、それに先立ち、宝石を盗んだことを白状した。どんな相手から盗んだのか、その相手らの一行がどの道を辿っていたかも教えた。キュネゴンドとカンディードの逃亡は、その時すでに知られていた。追っ手がカディスの港まで行った。時を移さず船を出し、さらに追跡を続けた。その船がすでにブエノスアイレス港に入港していた。スペイン警察の高官が今にも上陸してくる、追われているのは大審問官猊下を殺害した者たちだ、という噂が広まった。実際的な賢明を持つ老婆が、何をなすべきかをことごとく、一瞬のうちに看て取った。

「逃げても無駄です」老婆はキュネゴンドに言った。「でも、何も心配しなくていいです。猊下を殺めたはあなたではありません。それに、総督はあなたにぞっこん。あなたに危害が及ぶようなことは許さないに決まってます。ですから、このままここに残るのがよろしいです」

そう言うが早いか、老婆はカンディードのもとへ駆けつける。

「お逃げなさい」と彼女は言った。「さもないと、一時間後には火炙りです」

一刻の猶予もなし。しかし、どうしてキュネゴンドと別れられようか。第一、どこへ逃げればよいのか？

第14章 カンディードとカカンボが、パラグアイのイエズス会士たちにどのように迎えられたか

カンディードはカディスの町から、スペインの沿岸地域や植民地でよく見かけるような従僕を一名、連れてきていた。この従僕は、ブエノスアイレスの遥か北西、アンデス山脈の麓（ふもと）の地域トゥクマンに暮らしていた混血の男を父親として生まれたので、四分の一だけスペイン人の血が混じっていた。過去に、少年聖歌隊員、教会の聖具納室係、水夫、修道士、商取引代理人、兵士、召使いだったことがある。名をカカンボといって、たいへんに主人思いだった。主人がとても善良な人物だったからである。カカンボは大急ぎで、アンダルシア産の二頭の馬に鞍を置いた。

「さあ、旦那（だんな）、婆やさまの忠告どおりにしましょう。ここを発って、ひたすら先へ、先へと馬で走るんです」

カンディードの目から涙がこぼれた。

「ああ、愛しのキュネゴンド！　総督閣下がふたりの婚礼を取り仕切ってくださろうというこの時に、あなたを残して去らねばならんとは！　こんなにも遠く離れた土地へ連れて来られてしまったキュネゴンド、あなたはこの先どうなるのだろう？」

「なるようになるでしょうよ」とカカンボは言った。「ご婦人方はどんなときでも、身の振り方に困り果てるってことはねえんです。あとは神さまに任せて、さあ、馬に跨ってくだされ」

カンディードはなおも言い募る。

「ぼくをどこへ連れて行こうというのだ？　目的地はどこなの？　キュネゴンドから離れて何をしようというのだ？」

「聖地サンティアゴ・デ・コンポステーラにかけて申しますがね」とカカンボは言った。「旦那はイエズス会士たちを向こうに回して戦をするところでしたよね。どうです、あちらの味方になって戦しようじゃありませんか。道を知ってるんでね、イエズス会士たちの王国へお連れしますよ。ブルガリア式の教練のできる隊長が味方につくとなりゃ、連中もさぞかし大喜びです。旦那は大した財産を築けますよ。こっちで割の合わないことになっても、あっちで得ができるってわけでさあ。それにね、新しいものを見るとか、新しいことをやってみるとか、わくわくしますよ」

「では、おまえ、パラグアイへ行ったことがあるわけか」カンディードが訊いた。

「もちろんでさ！」とカカンボ。「アスンシオン〔パラグアイの首都〕の学校で下働きをしておりました。ですからね、イエズス会の神父さま方が治めておられる一帯のことは、カディスの街と同じくらいによく知っています。あそこは、そりゃもう大したものですよ。王国はすでに直径三百里〔約一二〇〇キロ〕以上に達していましてね、三十の州から成っています。神父さま方がすべてを所有しておられまして、人民は何ひとつ持っていません。まさに理性と公正さの傑作ですな。いろいろ意見があるんでしょうがね、このわたしは、イエズス会の神父さま方ほど神々しいものは他に知りません。なにしろ、あの方々ときたら、この地ではスペインの王さまとポルトガルの王さまを相手に戦争をしていながら、ヨーロッパでは告解室でその王さま方の懺悔を聴いてやってるんですぜ。この地ではスペイン人を殺していながら、マドリッドでは臨終の秘蹟でもって彼らを天国へ送ってやっているなんて！　いやもう、実に愉快。さあ、先を急ぎましょう。旦那はすべての人間のうちで一番の幸福者になりますよ。ブルガリア式の教練に通じている隊長が来てくれたと知ったら、神父さま方もどんなに喜ぶか！」

最初の関門に着くとすぐ、カカンボは見張りの衛兵に言った。隊長殿が司令官閣下に面会を申し込んでいる、と。衛兵本隊へ伝令が走った。パラグアイ人士官が司令官のもとに駆けつけ、事柄を報告した。カンディードとカカンボはまず武器を取り上げられた。彼らが乗ってきたアンダルシア産の馬も奪われた。二人のよそ者は二列に並んだ兵士たちの間に導き入れられた。司令官は列のいちばん奥にいた。頭にイエズス会士らしく三角の縁なし帽を被り、衣の裾をまくり上げ、腰には剣、手には短い槍という出で立ちだった。司令官が合図した。と、たちまち、二十四名の兵士が二人の新来者を取り囲んだ。下士官が二人に向かって申し渡しをした。このまま待機せよ、司令官は今のところおまえたちと話をなさるわけにいかない、この管区長の神父さまはご自分がその場におられるときでなければ、いかなるスペイン人にも発言することをお許しになっていない、また、この国に三時間以上滞在することもお許しになっていない、というのだった。

「では、管区長の神父さまは今どこにおられるのですか」と、カカンボが訊ねた。

「ミサを終えられて、現在は閲兵中だ」と下士官は答えた。「したがって、おまえたちが管区長さまの乗馬靴の拍車に接吻させていただけるのは三時間後となる」

「しかし」カカンボが言った。「うちの隊長殿は目下、わたしもそうなんですが、死ぬほど腹を空かしているんです。そして隊長殿はスペイン人ではない。ドイツ人です。管区長であられる尊師をお待ち申し上げる間に、ちょいと朝食など頂戴できませんかな？」

下士官はこの話をただちに司令官に報告した。

「おお、そいつは結構だ！」司令官殿は言った。「相手がドイツ人であるならば、私も話をしてよいということになる。その隊長とやらを私の四阿（あずまや）へ案内しろ」

すぐさまカンディードが緑に囲まれた一角へ導かれた。そこは緑色や金色の大理石から成る非常に美しい列柱と、鸚鵡（おうむ）、蜂鳥（はちどり）、別種の蜂鳥、ホロホロ鳥など、ありとあらゆる珍しい鳥を入れた囲い網で飾られていた。すばらしい朝食が金の器に用意されていた。パラグアイ人たちが、野原の真ん中で焼けつくような陽射しに晒されながら木の器でトウモロコシを食べるのを尻目に、司令官でもある偉い神父さまは四阿に入った。

司令官はすこぶる美青年である。顔つきはふっくらとし、色白で血色がよく、秀でた眉、生き生きとした眼、赤みを帯びた耳、紅色の唇が印象的だ。見るからに気位が高そうだが、その気位は、スペイン人のそれとも、イエズス会士のそれともタイプが異なっている。カンディードとカカンボに、いったん取り上げられた武器とアンダルシア産の二頭の馬が返された。カカンボは四阿の近くで、馬に燕麦(えんばく)を食べさせた。まさかの場合に備えて、馬から目を離さないようにしていた。

カンディードが最初に司令官の衣の裾に接吻し、それから彼らはテーブルについた。

「では、あなたはドイツ人なのですね」イエズス会士がドイツ語で言った。

「はい、神父さま」

双方、言葉を交わしつつ顔を見合わせるや、極度に驚き、昂奮を抑えきれなくなる。

「ドイツのどの辺りのご出身ですか」イエズス会士が訊く。

「ヴェストファーレンという忌まわしい地方の出です」とカンディードは答えた。

「トゥンダー゠テン゠トゥロンク家の城館で生まれました」

「なんと！　こんなことがあろうとは」司令官が叫んだ。

「奇蹟だ！」カンディードも叫んだ。

「きみなんだね？」司令官が言う。

「信じられない……」とカンディード。

両人ともに仰天する。抱き合う。目から涙が溢れて止まらない。

「なんとまあ、神父さま、あなたなのですか、麗しいキュネゴンドのお兄さまであるあなた、ブルガリアの兵隊に殺されたあなた、男爵さまのご令息であられるあなた、そのあなたが、パラグアイでイエズス会士になっておられるとは！　まったくもって、この世は不思議だ。おお、パングロス先生、パングロス先生！　もしあのとき絞首刑になっておられなかったら、この成り行きにさぞかし満足なさるでしょう！」

司令官は、黒人奴隷たちと、水晶のゴブレットに酒を注いでいたパラグアイ人たちを下がらせた。神さまと聖イグナチオ・デ・ロヨラ〔イエズス修道会の創立者の一人で初代総長。一四九一～一五五一年〕に、彼は幾度となく感謝した。腕を拡げてカンディードを抱きしめている。二人の顔はもう涙だらけだ。

「驚くべきはこれだけじゃないのです」とカンディードが言った。「あなたがさらにいっそう感動し、さらにいっそう我を忘れておしまいになるようなことがあるんです。妹君のキュネゴンド姫はお腹をえぐられて亡くなったと、そう思っておられるでしょうが、実は彼女は亡くなってなんかいない。生きてぴんぴんしているんです」

「どこで？」

「この近く、ブエノスアイレスの総督の館(やかた)でです。ぼくはといえば、あなたと戦争をするために送られてきていたのです」

二人の間で延々と続くこの会話の中では、一語一語が驚きに次ぐ驚きだった。彼らの魂がまるごと彼らの舌に乗って飛び交い、耳の中では注意を集中し、眼の中では光を放つのだった。二人は管区長の神父さまのお帰りを待ったわけだが、ドイツ人の評判に違(たが)わず、長いこと食卓から離れずにいた。司令官は、幼なじみのカンディードにこう語った。

第15章

いかにしてカンディードは愛しいキュネゴンドの兄を殺すに到ったか

「自分の目の前で父と母が殺され、妹が犯されたあの恐ろしい日のことは、一生忘れられない。ブルガリア兵が引き上げたあと、あの愛らしい妹は見つからなかった。母、父、私、それに、喉を搔き切られた二人の下女と三人の男の子が荷車に積み込まれ、先祖代々の城館から二里〔約八キロ〕離れたイエズス会士たちの礼拝堂に葬るべく運ばれた。イエズス会士がわれわれに聖水を振りかけた。たまらないほど塩分の多い水で、それが何滴か、私の眼に入った。神父は私の瞼が微かに動くのに気づいた。私の胸に手を当て、心臓の鼓動を確認した。かくして、私は救助された。三週間後には、負傷の跡もすっかり消えてしまっていた。なあ、カンディード君、きみも知っているね、私はもともと容姿がすこぶる良かった。その後、また一段と美形になったのだ。それで、修道院長のクルスト神父さまが私に対して、格別に優しい友愛を抱かれた。私を修練士〔最終的誓願を立てる前の段階にある修道生活者〕にしてくださったのだ。しばらくすると、私はローマへ送られた。修道会総長がドイツ人の若いイエズス会士を補充する必要に迫られておられたのだ。パラグアイの君主たちはスペイン人神父の受け入れをできるだけ少なくしている。彼らは外国人のほうが御しやすいと見て、外国人のほうを好むのだ。私は、修道会総長さまのお眼鏡に適い、パラグアイでの布教のために派遣されるにふさわしいということになった。で、ポーランド人、チロル人、そして私の三人がヨーロッパをあとにした。当地に着くと、私はさっそく副助祭と中尉に任ぜられた。今では大佐になり、司祭になっている。われわれはスペイン王の軍勢を容赦なく迎え撃つ。いいかね、あちらの連中は教会から破門されるし、戦闘でも打ち負かされるのだ。きみがここへやって来てわれわれを補佐するのも神の摂理だ。それにしても、私の可愛い妹のキュネゴンドがこの近くに、ブエノスアイレスの総督のところにいるというのは、本当に本当なのかね」

　この上なく本当のことであると、カンディードは宣誓の上で断言した。彼らの目からまた涙がこぼれ始めた。

　男爵は飽くことなく、繰り返しカンディードを抱擁する。カンディードを弟と呼び、きみこそ私の救い主だ、などと言う。

「ああ、そうだ、もしかしたらカンディード君」と彼は言った。「われわれは勝利者として共にあの町に入り、我が妹キュネゴンドを取り返せるのではないか」

「それこそ、ぼくの望むところです」カンディードも言った。「というのも、ぼくは彼女と結婚するつもりでしたし、今もその希望を捨てていませんから」

「きみが？　無礼じゃないかね！」と男爵は反応した。「厚かましいと思わんのか、我が妹を娶(めと)ろうなどと……。キュネゴンドは貴族度七十二クォーターを数えるんだぞ。私の前で、そんな大それた考えをぬけぬけと口にするとは、図々しいにも程がある！」

　カンディードは、男爵の物言いに唖然としたが、こう言い返した。

「神父さま、世界中の貴族度を全部足したって、これは変えられません。ぼくはあなたの妹をユダヤ人と大審問官の手から救い出しました。彼女はぼくにいたく感謝し、ぼくと結婚したがっているんです。パングロス先生はつねに言っておられました。人間は皆平等だとね。ですから、必ずやぼくは彼女と結婚します」

「やれるものならやってみろ、卑賤(ひせん)の輩(やから)め！」

　イエズス会士たるトゥンダー＝テン＝トゥロンク男爵は、そういう叫ぶが早いか剣を引き抜き、刀身の平らな部分でカンディードの顔面をしたたかに打った。次の瞬間、カンディードも剣を抜く。イエズス会士男爵の腹に、その剣を深く、鍔まで入ってしまわんばかりに突き立てる。しかし、血煙を上げる剣を引き抜きつつ、彼は泣き出した。

「ああ、なんということ！　かつての主人を、友人であり義兄でもある人を殺めてしまった。ぼくはこの世でいちばんの善人なのに、もう三人も人を殺した。しかもそのうち二人は聖職者だ」

四阿の入口で見張り番をしていたカカンボが駆けつけた。

「もはやこれまで。かくなるうえは最大限の抵抗を示すのみ」とカンディードはカカンボに言い放った。「連中がきっと今にもこの四阿に踏み込んでくる。潔く戦って死ぬぞ」

カカンボは幾多の修羅場をくぐり抜けてきた男だけに、いささかも慌てなかった。彼は主人のカンディードを立たせておいて、男爵が着ていたイエズス会の僧服を着せかけ、死んだイエズス会士の三角帽、底辺が四角になっているその帽子を被せると、馬に跨らせた。これらすべてを瞬く間にやってのけた。

「さあ、旦那、これからひとっ走りだ。誰もが旦那の姿を見て、命令を与えに行くイエズス会士だと思います。追っ手が来るより早く国境を越えちまうことができますぜ」

こう言うが早いか、カカンボはすでに飛ぶがごとくに馬を走らせていた。スペイン語で大声を張り上げながらである。

「どいた、どいた、道を空けろ、大佐神父さまのお通りだ!」

第16章

二人の旅人の身に起こったこと。二人の娘、二匹の猿（サル）、そして大耳族と呼ばれる未開人たちとの遭遇

カンディードと従僕はすでに関所を越えてしまっていた。一方、軍隊の野営地では、まだ誰もドイツ人イエズス会士の死に気づいていなかった。カカンボは用意周到な男で、馬の鞍（くら）に付けた革袋に、パン、チョコレート、ハム、果物、それに何杯分かの葡萄（ぶどう）酒を詰め込んでおくことを忘れなかった。二人はアンダルシア産の馬に跨（また）がって未知の国の奥深くへと入っていったのだが、まさに道なき道を行くという具合だった。ようやく視界が開けた。前方に美しい草原が広がり、その草原を区切るようにして幾本かの小川が流れている。我らが二人の旅人は馬に草を喰（は）ませる。カカンボが主人に何か食べたほうがいいと言い、みずから率先して食べて見せた。

「ハムなんか、口にしたくもない」とカンディードは言った。「ぼくは男爵さまの子

息を殺(あや)めてしまった。麗しのキュネゴンドには、この先ずっと、会うことすらできそうにない。こんな惨(みじ)めな日々を生きながらえて何の甲斐があるものか。どのみちキュネゴンドから遠く離れ、後悔と絶望を引きずるばかりだ。おまけに、『トレヴー評論』〔ほぼ十八世紀を通して啓蒙思想に敵対したイエズス会発行の論壇誌。ヴォルテールとも激しい応酬があった〕に何と書かれることか」

こう嘆きつつも、カンディードはしっかり食べた。今や太陽が沈み始めていた。道に迷った二人の旅人の耳に、女性の声と思(おぼ)しい小さな叫び声が聞こえてきた。苦痛の叫びなのか、歓喜の叫びなのかは、分からなかった。が、彼らは慌てて立ち上がった。見知らぬ土地では何かにつけて募るあの不安、あの恐怖に襲われたのだ。叫び声を上げているのは二人の娘で、これがなんと丸裸で草原の端を軽々と走っている。ところが、そのすぐ後ろから二匹の猿が追いすがり、娘たちの尻に噛みついている。カンディードは哀れを催した。彼はブルガリア軍で射撃を習得していた。その気になって弾丸を放てば、茂みの中のヘーゼルナッツに、まわりの葉には触れることもなしに命中させることができるほどの腕前だった。さっそくスペイン製の二連発銃を構え、引き金を引き、二匹の猿を撃ち殺す。

「やったぞ、カカンボ！　あの可哀そうな二人を、とんでもなく危ないところから救ってやれた。なるほどぼくは異端審問所の大審問官とイエズス会の神父を殺して罪を犯した。だけど、ここで二人の娘の命を救って、ちゃんとその償いをしたんだ。もしかしたら、あの二人は身分のある令嬢なのかもしれないな。だとしたら、この偶然の出来事のおかげで、われわれはこの国でずいぶん有利な条件に恵まれるかもしれないぞ」

彼は得々(とくとく)としてなおも話を続けようとしたが、急に舌が強(こわ)ばり、回らなくなった。視線の先で、二人の娘が二匹の猿を優しくかき抱き、その死骸の上で涙に暮れ、辺りかまわず、世にも悲しげな泣き声を上げていたからだ。

「これほど思いやりに満ちた心があるなんて、予想だにしなかった」と、カンディードはようやくカカンボに言った。

従僕はすかさず言い返した。

「旦那、こいつは、とんだ傑作だ。旦那はあの二人の娘の恋人を殺しておしまいになったんですよ」

「恋人だと？　まさか！　ぼくをからかっているね、カカンボ。そんな途方もないこと、どうして信じられようか」

「旦那はしょっちゅう何にでも驚いていなさるね。国によっては、ご婦人方の寵愛を受ける猿がいるというくらいのこと、いったいどうしてそんなに変だと思いなさる？　あの猿たち、四分の一は人間なんでしょう。ちょうどわたしが四分の一、スペイン人の血を引いているようにね」

「うむ、そういえば……」とカンディードは続いて言った。「パングロス先生が言っておられたことを思い出すなあ。昔、同じようなことがあって、混交から半獣神のアイギパン〔ヤギの足と角を持つ〕や、ファウヌス〔ヤギの足と角を持ち、毛むくじゃら〕や、サテュロス〔雄ヤギの脚と小ぶりの角を持つ〕が生まれたというんだ。古代の偉人たちのうちに、そういう半獣神を見かけた人が何人もいたという話だった。でも、作り話だと思っていたよ」

「今では、本当のことだと納得なさったでしょう。ある種の教育を受けなかった人間の振る舞いはそんなものなんです。さて、わたしの心配はただ一つ、あのご婦人方が復讐心から、何か厄介なことを仕掛けてくるのではないかということです」

なるほど尤（もっと）もなこの考えを聞くと、カンディードは草原を離れ、森に隠れることにした。森の中で、カカンボと夕食を共にした。そして二人して、ポルトガルの大審問官と、ブエノスアイレスの総督と、そして男爵を呪うような話をし、その後、苔（こけ）の上で眠りに落ちた。目覚めると同時に彼らは、身動きができないことに気づいた。そのわけはというと、夜中のうちに、この国の住民たる大耳族が例の二人の婦人の告発を聞き入れ、彼らを樹皮で作られた縄で縛り上げていたのである。カンディードとカカンボは五十人ばかりの大耳族に取り囲まれていた。大耳族はみな裸で、矢と棍棒と石の斧で武装していた。大釜で湯を沸かしている者がいる。焼き串の用意をしている者もいる。全員が叫んでいる。

「イエズス会の神父だ。あのイエズス会の神父だ！　恨みを晴らせるぞ、旨い肉が食えるぞ。イエズス会士を食おう、イエズス会士の肉を食ってやろう！」

カカンボが悲しげな声を上げた。

「どうです、旦那、だから言わないこっちゃない。あの二人の娘っ子が案の定、やってくれましたよ」

カンディードは大釜と焼き串をちらりと見て、思わず叫んだ。

「きっと焼かれるか、釜ゆでにされるかだ。ああ！　パングロス先生が純粋な自然のこのありさまをご覧になったら、何と言われるだろう？　すべては善なり。そうかもしれない。そうかもしれないけれども、キュネゴンド姫を失ったばかりか、大耳族によって串焼きにされるなんて、いくらなんでも惨(むご)すぎるじゃないか」

一方、カカンボは、けっしてうろたえない。

「何にせよ、絶望しちゃいけません」。悲嘆に暮れるカンディードに彼は言った。「わたしはこの部族の言葉が少しは分かるんです。話しかけてみますよ」

「おお、それなら」とカンディードは力を込めた。「くれぐれもこの連中に言って聞かせてやってくれ。人を料理するのがどれほどおぞましい非人間的なことか、またどれほどキリスト教徒にふさわしくないことか」

「皆さん」とカカンボが話し始めた。「皆さんは本日、イエズス会の神父を食べるおつもりのようにお見受けします。たいへん結構なことでござる。敵をそのように扱うことはこの上なく正しい。実際、自然法はわれわれに、汝の隣人たる人間を殺せと教えており、かくして世界中どこへ行っても、人は人を殺しておるのです。われわれヨーロッパの者は人肉を食う権利を行使しておりませんが、それはただ、ご馳走にする食材が他にもあるからです。しかるにあなた方は、われわれと同じ食材を有してはおられない。であるからには間違いなく、敵を食するほうが、勝利の果実をカラスどもにくれてやるより余程よろしい。しかしながら皆さん、皆さん方とて、ご自分の友人を食べてしまいたくはないでしょう。今あなた方はイエズス会士を焼き串に刺すつもりでおられるが、焼いて食おうとなさっているのは実はあなた方の敵の敵、つまりあなた方の味方なのですぞ。かく言うわたしは、皆さんの国で生まれた者です。ここにいるこの方はわたしの主人で、イエズス会士であるどころか、イエズス会士を一人殺害してきたばかりのお方です。着ておられる服は、ほかでもないそのイエズス会士が着ていた法衣なのです。それがあなた方に人違いをされる原因となりました。わたしの言っていることの真偽を確かめたければ、その法衣を取り、イエズス会士たちの王国への関所ならどこでもいいので、とにかく関所へ持って行くがよろしい。そうして、わたしの主人がイエズス会士の将校を殺さなかったかどうか、情報を入手なさるがよろしい。わずかな時間で済むことです。もしわたしが嘘をついたと分かったら、いつでもお好きなときにわたしたちをお食べになって結構です。しかし、わたしの言っていることが本当のことだった場合には、国際法の原則も、良き習俗も、法律も熟知しておられる皆さん方のことだ、わたしたちを赦免してくださらぬはずはありますまい」

大耳族はこの演説をすこぶる理を弁えたものだと思った。彼らは部族のなかでも名の知れた者を二名派遣し、速やかに事実を照会させた。委任された二名は知恵者らしく任務を果たし、まもなく戻って吉報をもたらした。大耳族は二人の囚人の縄を解いたばかりでなく、彼らに下にも置かぬもてなしをし、女たちをあてがい、飲み物と軽食を与え、二人を国境まで見送っていった。それも、次のような歓声を上げながらであった。

「この人はイエズス会士じゃない、イエズス会士なんかじゃない！」

　カンディードは、自分が解放された理由に感嘆するやら、呆れるやら、なかなか驚きが冷めなかった。

「なんという部族！　なんという人間たち！　なんという習俗！　ぼくは運よくもキュネゴンド姫の兄上の体に剣をしたたか突き立てるということをしていたから助かったが、もしそうでなかったら赦免の余地なく食べられてしまっていたわけだ。とはいえ、結局のところ、純粋の自然は善きものだな。なにしろ彼らは、ぼくがイエズス会の神父でないと知るやいなや、もうぼくを食べようとはせず、あらゆる礼を尽くし、丁重にもてなしてくれたのだからね」

第17章

カンディードとその従僕が黄金郷(エルドラド)に到着したこと、ならびに彼らがそこで見たもの

やがて大耳族の国境に到ると、カカンボが言った。

「どうです、地球のこっちの半球も、あっちの半球よりいいとは言えませんな。このさい、もうまっすぐ、いちばんの近道を通ってヨーロッパへ帰ろうじゃありませんか」

「帰るといっても、どうやって?」カンディードは言った。「第一、どこへ帰れというんだ。自分の国ではブルガリア人とアバリア人が暴れ回って、相手かまわず喉を掻き切っている。ポルトガルへ戻れば、ぼくは火炙(ひあぶ)りにされちまう。この国にとどまっていると、われわれはいつなんどき串焼きにされるか知れたものではない。とはいえ、キュネゴンド姫の暮らしているのがこの大陸である以上、どうしてここを離れる決心

がつくものか」

「それじゃ、カイエンヌ〔仏領ギアナの、大西洋に臨む貿易港〕の方へ行きましょうや。あそこにはフランス人がいます。世界中どこへでも出かけていく連中です。あの連中なら、助けてくれないとも限りません。もしかしたら神さまだってね、ちっとはわれわれを憐れんでくださるかもしれませんよ」

カイエンヌまで行くのは容易でなかった。どちらの方角へ歩けばよいのか、たしかにおよそのことは分かっていた。けれども到るところで、山岳が、大河が、断崖が、山賊が、未開人が、たいへんな障害となった。馬が疲労で死んでしまった。食糧が尽きた。二人はまる一カ月、野生の果実で飢えを凌(しの)いだ。そうしてついに、小川のほとりに辿り着いた。両岸に椰子(やし)の木が立ち並んでいて、それが彼らの命と希望の支えとなった。

カカンボはあの老婆にも劣らぬくらい、いつもいい助言をする。

「もうくたくたですな。歩くのは、これが限界でしょう。あの岸にボートが見えますよ。あれに椰子の実を積み込みましょうや。あの小舟に身を投じましょう。川の流れに身を任せてみるんです。川は必ずどこか人の住んでいる土地に通じているものです。

とすれば、われわれ、仮に心地よいものに出会わないとしても、少なくとも新しいものには出会えるにちがいないです」

「よし、行こう」カンディードが言った。「神さまの思し召しに身を任せよう」

二人はそこから何里か川を漂い、下っていった。左右の岸辺は、あるときは花咲き乱れ、あるときは乾ききっていた。あるときは平坦で、あるときは険しく切り立っていた。川幅は先へ行けば行くほど広がっていた。が、ついに、ぞっとするような姿で天まで聳え立つ岩山が前方に現れ、川は、その岩山に穿たれた洞窟の中に隠れようとしていた。二人の旅人はそれでも一か八か、洞窟の中の流れに身を任せた。川幅が急に狭まり、速さも音も凄まじい激流が、二人を運んでいった。二十四時間ののち、彼らはふたたび日の光に接した。しかし小舟は暗礁にぶつかり、木っ端微塵に砕け果てた。

そこからまるまる一里、岩づたいに歩くほかなかったが、ついに彼らの眼前に、近づきがたい様相の山脈に縁取られた、広々とした地平線が開けた。その国の大地は、必要のためばかりでなく、楽しみのためにも耕されていた。いずこに目をやっても、有用なものが、とりもなおさず心地よいものとなっていた。整備された道路があって、きらきらと輝く金属でできた、すばらしい形状の車で溢れんばかりになっている。飾られているといったほうが適切なくらいだ。それらの車には、何か異質な美しさを備えた男女が乗っている。牽いているのは大きな赤い羊〔ペルーのラクダ科動物ラマか?〕で、その速力たるや、スペイン南部のアンダルシア、北アフリカのテトゥアン、メクネスといった名高い産地で育った馬のうちの第一級の馬でもかなわないほどだ。

カンディードは目を瞠った。

「それにしても、これこそは、ヴェストファーレンに優る国だな」

彼がカカンボともども地に足をつけたのは、最初に見えてきた村の近くだった。村の子供たちが数人、金ぴかの錦の服をあちらこちら破れたままに羽織り、集落の中心部への入口にあたる場所で石投げをして遊んでいた。別の世界からやって来た二人は、もの珍しく子供たちの様子を眺めた。子供たちの使っている「石」はかなり大きくて丸く、黄色や、赤や、緑で、いずれも独特の輝きを放っていた。旅人たちに、いくつか拾ってみたいという気持ちが湧いた。手に取ってみると、それは黄金だった。エメラルドだった。ルビーだった。そのうちのいちばん小さいものでも、かのムガル王朝〔インドで特に十七世紀に栄えた王朝〕の皇帝の座で最も大きな装飾となっただろう。

「うん、間違いない」とカカンボが言った。「この子たちは、この国の王さまの息子たちで、今は石投げ遊びをしているのですよ」

折しも村の先生が現れ、子供たちに教室へ戻るように声をかけた。

「ほら、案の定」とカンディードが言った。「王家専任の家庭教師だ」

子供たちはたちまち遊びをやめ、走って行ってしまった。石投げの石をはじめ、遊びに使っていたものはすべて地面に放り出したままだった。カンディードはそれらを拾い集める。立ち去ろうとしている家庭教師のところへ駆けていく。拾い集めたものを恭しく差し出す。身振り手振りで、王子さま方が黄金や宝石をお忘れになったのだということを分からせようとする。村の先生は微笑みつつ、カンディードが差し出した黄金や宝石を地面に投げ捨て、さも驚いたという表情でカンディードの顔をいっとき眺めたが、そのまま行ってしまった。

旅人たちが黄金、ルビー、エメラルドを改めて拾ったことはいうまでもない。

「いったい、ここはどういう国なんだろう」カンディードが叫んだ。「ここの王さまの子供たちはよい躾を受けているのにちがいない。なにしろ、黄金や宝石に頓着しないよう教え込まれている」

カカンボも、カンディードに劣らず驚いていた。二人は村に向かってさらに歩き、ついに、村のいちばん手前にある館（やかた）のすぐそばまで来た。その館は、ヨーロッパの宮殿さながらに立派だった。大勢の人びとが入口付近にひしめき合い、館内はいっそう大勢で賑わっていた。いとも心地よい音楽が聞こえる。旨そうな料理の匂いが漂っている。カカンボが入口に近づいてみると、人びとがペルー語で話しているのが分かった。ほかでもない、カカンボの母語である。それというのも、誰もが知っているように、カカンボはトゥクマンの産であったが、彼の生まれた村ではペルー語しか話されていなかったのである〔実際には、トゥクマンは多種族・多言語地域であったらしい〕。彼はカンディードに言った。

「わたしが通訳します。入ってみましょう、旦那。ここは飲み食いのできる宿屋ですぜ」

すぐさま、金襴（きんらん）の衣を身に着け、髪をリボンで結んだ男性給仕二名、女性給仕二名が出迎え、彼らを定食用の大テーブルへと案内する。供されたのは、鸚鵡（おうむ）を二羽ずつ添えた計四皿のポタージュ、目方が二百リーヴル〔一リーヴルは三八〇〜五五〇グラムに相当した〕もあるコンドルを煮込んだ肉、美味きわまりない猿二匹の丸焼き、一皿に盛られた蜂鳥（はちどり）三百羽、もう一皿に盛られた別種の蜂鳥六百羽だった。さらに、洗練された薬味、すばらしく美味な菓子類。しかも、これらすべてが、天然水晶のような材質の皿に載っていた。給仕の男女が、砂糖黍（さとうきび）から作られた何種類ものリキュールを注いでくれる。

大テーブルを囲む食客の大半は商人と御者だったが、皆きわめて礼儀正しく、カカンボにいくつかの質問をするにも、けっして無遠慮にならないような、慎み深い態度をもってした。それでいてカカンボの問いには、彼の得心（とくしん）がいくように答えてくれた。

食事が済むと、カカンボは、カンディード同様にそれで充分代金に足りるものと信じて、先ほど拾ったあの黄金の石を二個、大テーブルの上に投げ出した。すると、宿の亭主と女将（おかみ）は吹き出し、そのまま長いこと腹をよじって笑った。やがて、やっとのことで笑いを抑え込むと、亭主は言った。

「お客さま、分かりました、お客さまは異国からお越しなのですな。わたしどもは異国の方に接することに慣れていないのです。往来の石ころを勘定に充てようとなさったのでね、思わず笑ってしまい、失礼いたしました。きっと、この国のお金はお持ちではないでしょう。ですが、ここで食事をなさるのにお金は要りません。商業活動の便宜のために設置されているすべての宿屋の費用は、政府負担と決まっていますので。ここでは粗末なものしか差し上げられませんでした。なにぶん、この村は貧しいものですからね。しかし、ほかの町や村ならどこへいらしても、あなた方お二人にふさわしいもてなしをお受けになることでしょう」

この亭主の話を逐一、カカンボがカンディードに説明した。カンディードは、通訳するカカンボと同様に感嘆し、かつ同様に茫然としながら、耳を傾けた。そして、二人は口々に言ったのだった。

「いったい、この国は何なんだろう？　地上のほかの国にはまったく知られていず、自然全体がわれわれの知っているのとはまるで種類が違う。これはたぶん、すべてがうまく行っている国なのだろう。だって、そういう国が最低一つは存在しているはずじゃないか。ところが、ヴェストファーレンについてはね、パングロス先生が何とおっしゃろうと、ぼくはしばしば気づいたのさ。あそこでは、万事がかなりまずい状態だよ」

第18章

黄金郷（エルドラド）の国で彼らが見たもの

カカンボは宿の亭主に向かって、この国のことを知りたくてたまらないのだと言った。亭主はこう答えた。

「わたしはいたって無学でしてね。おまけに、それで満足している始末です。けれど、この界隈に、長い間宮廷に勤めていたご老人がいます。この人が王国随一の物識（ものし）りで、おまけに、たいへんな話し好きときている」

亭主はすぐさまカカンボを老人の家へ案内する。カンディードはもはや脇役でしかなく、従僕のあとについて行く。

彼らが入っていったのは、ごくごく質素な家であった。なにしろ、門扉（もんぴ）の材質は銀でしかなかった。居室の羽目板も純金だった。とはいえ、すこぶる洗練された趣味の細工がほどこされていたので、どんな豪華な羽目板と比べても見劣りしなかった。控えの間も象嵌(ぞうがん)はされているものの、実のところ、使われているのはルビーとエメラルドだけだった。しかし、すべてが整然としているおかげで、こうした極度の簡素さにもかかわらず、品格の感じられる室内となっていた。

老人は二人の外国人を蜂鳥(はちどり)の羽を詰めたソファに坐らせると、召使いに命じて、さまざまなリキュールをダイヤモンドの器に注いで持ってこさせ、二人に勧めた。その上で、二人の好奇心に応えた。こんな話をしたのである。

「私は当年とって百七十二歳になります。亡き父は国王陛下のおそばに仕えておったのだが、その父が生前、自ら目のあたりにしたペルーの変動がどんなに途轍(とてつ)もないものだったか、聞かせてくれたことがありましてな。この地の王国は、インカ族の昔からの祖国なのだが、インカ族はたいへん軽率にも、世界の一部分を支配下に置こうとして国外へ出てゆき、結局スペイン人に滅ぼされてしまった。かの一族のなかでも、国内にとどまった王族たちのほうが賢明でした。彼らは国民の同意を得て、住民は何(なん)人(びと)たりともこの小さな王国の外へ出るべからずと定めました。かくして、われわれはもともとの純朴さと幸福とを失わずに暮らしてこれたのです。スペイン人たちはこの国のことをぼんやりとは知ったらしく、『エル・ドラード』、つまり黄金郷と呼びました。また、ひとりのイギリス人、名前をローリー騎士といったのですが、これが今から百年ほど前、近くまでやって来たこともあったようです。しかし、登ることなどできない岩山と絶壁に囲まれた地形のおかげで、われわれは現在に到るまでずっと、貪欲なヨーロッパ諸国の餌食にならずに済んできました。なにしろあちらの諸国は、この地の小石や泥に対して、異常なほどの執着心を抱いていますからな。それを手に入れるためなら、われわれを最後の一人まで残らず殺してしまうことも辞さぬでしょう」

老人と客人の会話は長いあいだ続いた。話題は政体、習俗、女性、演劇、芸術に及んだ。最後に、相変わらず形而上学を好むカンディードが、カカンボを介して、この国には宗教がありますかと尋ねた。

老人の顔面が少し紅潮した。

「なんですと！　どうしてそんなことを疑いなさる？　われわれのことを、神への感謝を知らぬ者とでも思っていなさるのか」

カカンボは恐縮しつつ、黄金郷（エルドラド）の宗教は、どの宗教ですかと尋ねた。老人の顔面はいよいよ紅潮した。

「宗教にこれとか、あれとか、種類などあるものか。われわれはすべての人が帰依する宗教に帰依しておるのです。そして晩から朝まで、神さまをひたすら熱愛し、礼拝している」

ここでもカカンボが、カンディードの疑念を取り次ぐ。

「熱愛し、礼拝しておられるのは、唯一の神さまだけですか？」

「もちろん、神さまといったら唯一の神さまで、二つ、三つ、四つなどと数えられるはずがない。率直に申して、そちらの世界の方々はなんとも奇妙なことをお尋ねになるものだ」

カンディードは通訳を介して、この善良なる老人に質問を投げかけて飽くことがない。彼は黄金郷（エルドラド）ではどんなふうに神さまにお祈りするのかを知りたがった。

「何かを祈るということは、いっさいせぬ」と、善良にして尊敬すべき老人は言った。「われわれには、神さまにお願いせねばならないようなことは何もありません。神さまは必要なものをすべて与えてくださった。ただただ、そのことを感謝申し上げるばかりじゃ」

カンディードは司祭たちに会ってみたいという気になった。司祭たちはどこにいるのかと、カカンボに尋ねさせた。善良なる老人は笑みを浮かべた。

「客人よ、われわれは誰もが司祭なのです。国王とすべての家長が毎朝、おごそかに讃美歌を歌い、五、六千人の楽師が伴奏をする」

「何ですって！　それじゃ、ここには修道士もいないのですか。あの、教えを垂れたり、議論をしたり、支配したり、陰謀を企んだり、自分たちと意見の異なる者に火炙りの刑を科したりする……」

　老人は言った。

「気が狂いでもせぬかぎり、われわれはそんなことは考えもしない。この国では皆の意見は一致しているのです。修道士がどうこうとおっしゃるが、われわれには何のことやら」

　カンディードは老人の話を貪るように聴き、夢見心地だった。心中ひそかにこう思うのだった。

「ここはヴェストファーレン地方や男爵さまの城館とはずいぶん違う。もし親愛なるパングロス先生が黄金郷を見たことがあったなら、トゥンダー゠テン゠トゥロンクの城館こそが地上で一番の城館だとは、もう言わなかっただろうな。なるほど、旅はしてみるものだ」

この長い会話が終わると、善良な老人は羊六頭立ての四輪馬車を用意させ、召使いのうちから十二人を選んで二人の旅人につけ、旅人を宮廷へと案内させることにした。「私ももう少し若ければお供させていただくところだが、歳に免じて許してくだされ」と老人は言った。「国王はあなた方を然るべくお迎えになるはずなので、その点、あなた方がご不満を覚えなさるようなことはありますまい。万一何かお気に召さぬことがあったら、そのときは、この国の風習と思ってご勘弁いただきたい」

カンディードとカカンボは四輪馬車に乗り込む。六頭の羊は飛ぶように走った。四時間もしないうちに、都の端に位置する王宮に到着した。王宮正面の門は高さ二百二十ピエ〔七十メートル強〕、幅百ピエ〔三十メートル強〕。その材質を言い当てることは不可能。が、一見して、われわれが黄金とか宝石とか呼んでいるあの石ころ、あの砂粒（すなつぶ）などより遥かに優越する材質であることが分かる。

美しい女性二十名から成る警備隊が、馬車から降りるカンディードとカカンボを迎え、浴室へ連れて行き、蜂鳥（はちどり）の綿毛で織り上げられた寛衣（かんい）を着せた。そのあと、国王直属と思われる大官たち――男性もいれば女性もいた――が先導して、通常のしきたりにしたがい、それぞれ千人もの楽師が両側に整列している中を通り抜けて陛下の御座所へと向かった。いよいよ玉座の間に近づいたとき、カカンボが大官の一人に、陛下にご挨拶申し上げるにはどう振る舞わねばならないかと問うた。跪くべきか、腹這いになるべきか。手は頭の上に載せておくべきか、それとも後ろへ回して尻に当てているべきか。やはり、這いつくばって広間の床の埃を舌で舐めることになっているのかどうか。要するに、拝謁の儀礼は如何なるものかと尋ねたのである。

「作法では」と大官が答えた。「王さまを抱擁し、両頰に接吻することになっております」

カンディードとカカンボは嬉々として、陛下の首っ玉に飛びついた。陛下は、およそ考えられるかぎりの厚意をもって二人を迎え、丁重な言葉で晩餐へと招待した。

晩餐までの時間、二人は市街を見学させてもらった。公共建造物が天まで聳え、市場は千本の円柱で飾られている。到るところに泉がある。澄んだ水の湧き出る泉、薔薇から抽出された香水の湧き出る泉、砂糖黍のリキュールが湧き出る泉……。それらの泉の水が絶えることもなく、いくつもの壮大な広場を流れる。広場には宝石のような石が敷き詰められていて、その敷石から、丁字やシナモンに似た香りが発散している。カンディードは裁判をおこなう法廷を、高等法院を見せてほしいと注文した。すると、そんなものは存在せず、訴訟などあったためしがないと言われた。カンディードが監獄はあるかと尋ねたところ、それもないと言われた。そのこと以上に彼を驚かせ、最高に喜ばせたのは、科学博物館であった。その博物館で彼は、二千歩も続く回廊に、数学と物理学の道具が所狭しと陳列されているのを見たのだ。

午後いっぱい、駆け回るように見学を続けたが、二人が見ることができたのはせいぜい、町の約千分の一に過ぎなかった。夕刻、彼らは王宮へと連れ戻された。カンディードは国王陛下、従僕のカカンボ、優雅な女性たちとともにテーブルについた。これほどのご馳走は食べたことがなかった。また、陛下くらい晩餐の席で機知に満ちている人物には会ったことがなかった。カカンボが王さまの洒落た台詞をその都度カンディードに説明していったわけだが、翻訳されてもなお、それらは洒落た台詞であるように思われた。そしてそのことは、他のさまざまな事象にも劣らずカンディードを驚嘆させたのだった。

彼らは一カ月をこの都で過ごした。カンディードは毎日のようにカカンボに言っていた。

「たしかにね、カカンボ、これは何度でも念押しするけれど、ぼくが生まれた城館は、今ぼくらがいるこの国には及びもつかない。それは間違いなくそうなんだが、しかしここにはキュネゴンド姫がいない。きみにしても、ヨーロッパにはきっと誰か恋人がいるのではないか。もしこのままここにいたら、ぼくらは他の人間と別段変わりがないということになる。ところが、もしぼくらの世界へ戻れば、十二頭の羊にこの黄金郷(エルドラド)の小石を積んで行くだけでも、すべての王さまを一緒にしたよりも金持ちになれて、異端審問所の審問官なども恐れるに足らないということになる。キュネゴンド姫もたやすく取り戻すことができるだろう」

この話はカカンボの気持ちを動かした。とかく人というのは、あちらこちらへ出かけて行っては故郷に錦を飾り、旅先での見聞をひけらかすのを好む。それを好むあまりに、この二人の幸せ者も、そろそろ幸せでいることをやめ、国王陛下に暇乞いをしようと決心した。

「愚かしい決心だな」と王さまは言った。「なるほど、私の国は大した国ではない。しかし、どこかでまずまずの暮らしができるなら、そこにとどまったほうがよいのだ。とはいえ、むろん私に他国の人間を引き留める権利などはない。そんなことをするのは圧政だ。我が国の風習にも、法律にも反する。すべての人間は自由である。好きなときに旅立たれよ。ただし、出国は困難をきわめる。あなた方は洞窟の中を流れる川伝いに奇蹟的にこの国に辿り着いたわけだが、あの急流を遡ることなど、できるものではない。我が王国をぐるりと取り囲む山々は高さ一万ピエ〔三千二百メートル強〕。しかも城壁のように切り立っている。どの山も幅が十里以上あって、絶壁伝いでなければ下ることもできぬ。しかしながら、是が非でもここを発ちたいということらしいから、専門の技官らに命じて、あなた方をうまく運べるような機械を一つ製作させて進ぜよう。いったんあなた方を山の向こう側へお連れしたならば、そのあとは誰もあなた方の供を務めるわけにはいかぬ。というのは、我が臣民はけっして国外へ出ないと誓っており、彼らは十分に賢明であるからして、誓いを破ることがないのだ。その他、何でも好きなものを所望されるがよい」

「わたしどもが陛下にお願いいたしたく存ずるのは」とカカンボが言った。「食糧と、お国の小石および泥を積んだ何頭かの羊だけでございます」

王さまは笑った。

「私には解せぬことだが、あなた方ヨーロッパ人は、我が国の黄色い泥によほど目がないのだな。しかし、構わぬ、欲しいだけ持って行かれよ。お二人のためになるなら、それでよい」

王さまはただちに技官を呼び、この尋常ならざる二人の人間を山頂へと上昇させ、国外へ運び出すために、機械を一基製作するよう命じた。三千人の優秀な物理学者がその仕事に当たった。二週間後には機械の用意が調(ととの)った。現地通貨でなんと二千万ポンドもの費用が注ぎ込まれたのだが、この国にとってはそれもたかだか二千万ポンドに過ぎないようだった。さて、カンディードとカカンボがその機械に乗せられた。二頭の大柄な赤い羊も乗せられた。山越えのあとで乗れるよう背中に鞍が置かれ、手綱も付けられていた。荷物運び用の羊百頭も同乗させられた。うち二十頭に食糧が、三十頭にこの国の物のうちでも最も珍しい土産物が、五十頭に黄金、宝石、ダイヤモンドが積まれていた。王さまが、二人の放浪者を優しく抱擁した。

二人の旅立ち、特に彼らと、彼らについて行く羊たちを山脈の頂(いただき)へと導く巧妙な仕掛けが働くさまは、まさに見ものであった。物理学者たちは二人を安全な場所に下ろすと、別れを告げた。カンディードはといえば、キュネゴンド姫のところへ羊を引き連れていくことだけに心をはやらせていた。他にはもはや望みも目的もありはしなかった。

「キュネゴンド姫に値がつけられるようなことがあっても」とカンディードは言った。「ブエノスアイレスの総督に支払うだけのものをぼくらは持っている。カイエンヌへ向かおう。そして、とにかくあそこから船に乗ろう。どの王国を買い取ることができるか、それはやがて分かるだろうさ」

第19章

スリナムで彼らの身に起こったこと。ならびにカンディードがマルティンと知り合った経緯(いきさつ)

われらが二人の旅人にとって、最初の一日の行程はかなり気持ちのいいものだった。アジア、ヨーロッパ、アフリカを全部合わせても及ばないほどの財宝を手中にしていると思うと、元気が湧いてくる。カンディードは有頂天で、キュネゴンドの名を木々の幹に彫りつけた。二日目、羊のうちの二頭が沼にはまって、積荷もろとも呑み込まれた。別の羊が二頭、数日後に疲労で死んだ。次いで七、八頭が砂漠で餓死した。さらに数日すると、また何頭かが崖から転落してしまった。こうしてとうとう、百日歩き通したとき、彼らに残っている羊は二頭だけになっていた。カンディードがカカンボに言った。

「ねえ、カカンボ、この世の富は儚(はかな)いものだね。確実なのは徳というものと、それと、キュネゴンド姫に再会する幸せだけだ」

「そうですなあ、まったく」とカカンボは答えた。「でもね、まだ羊が二頭は残っていますし、これが積んでいる財宝は、スペインの王さまだって絶対に手に入れられないほどのものですぜ。しかも、ほら、遠くに町が見えます。あれはどうやら、オランダ領スリナム〔一九七五年に独立してスリナム共和国となった〕だ。われわれの苦難もそろそろ打ち止めで、これからはいい思いができそうですよ」

　町に近づいていく途中、彼らは地面に寝そべる一人の黒人に出くわした。黒人が身につけているのは青地の麻の短いズボンだけで、そのズボンも半分だけしかない。その哀れな男には、左の脚と右の手が欠けている。

「ああ、これはまた！」カンディードがオランダ語で声をかけた。「きみはここで何をしているの？　そんなにも酷いありさまで」

　黒人はこう返事した。

「主人を待っております。主人はファンデルデンデュール氏という、世間で話題の大商人でしてな」

「そのファンデルデンデュール氏がきみをこんな目に遭わせたのかい？」

「ええ、そうです。これが習わしなんでね。身につける物としては年に二回、麻布のズボンが支給されます。わたしらは砂糖作りの工場で働いていて、挽き臼に指を巻き込まれると、手首から先を切り落とされます。逃げ出そうとすると、脚を切断されます。わたしはその両方を食らっちまった。こんな代価の上で、あんた方はヨーロッパで砂糖を食っておられるわけだ。

　ところが、わたしの母親は、西アフリカはギニアの海岸でわたしを十パタゴニア・エキュ〔十八世紀にスペインとフランドル地方で流通していた通貨〕で売ったとき、こう言ったものです。『いいかい、わたしの可愛い坊や、神父さま方はありがたい護符なんだからね、ちゃんと感謝して、ふだんから崇めるのよ。きっとおまえを幸せにしてくださるから。白人の旦那さま方の奴隷になるのは名誉なことだし、奴隷になることであんたは、父さんと母さんを金持ちにしてくれるのよ』。ああ、なんということだ！　自分が親父とおふくろを金持ちにしたかどうかは分からんが、神父さんたちはわたしを金持ちにしてはくれなかった。犬や、猿や、鸚鵡と比べたって、わたしら奴隷は千倍も不幸せだ。わたしを改宗させたオランダ人の牧師さんたちは日曜ごとに、白人でも黒人でも皆がアダムの子だとおっしゃる。わたしは系譜のことに詳しいわけじゃないですがね、でももしあの説教師さんたちのおっしゃることが本当なら、わたしらは皆、いとこ同士のようなものだ。それなのに、正直どう思いますか、親戚縁者に対してこれ以上酷い仕打ちはできんでしょう？」

「おお、パングロスよ！」カンディードは叫んだ。「あんたは、この世にこんなにおぞましいことがあるのを見抜いていなかった。万事休すだ。こうなってはぼくも、あんたの最善説（オプティミスム）をついに棄（す）てるほかなさそうだ」

「最善説って何です？」カカンボが訊ねる。

「ああ、それはなあ！」とカンディードは言った。「具合が悪いのに、すべて善しと、狂ったように主張する熱病さ」

言葉を交わして情の移った黒人の姿を前に、カンディードは涙がこぼれるのを押しとどめることができない。やがて彼は、泣きながらスリナムの町へ入っていった。

カンディードとカカンボが最初に問い合わせるのは、ブエノスアイレスへ行ってくれる船が港にあるかどうかということだ。彼らが話しかけた相手はあるスペイン人の船長で、この男は彼らに真っ当な交渉をしようと提案した。とある居酒屋で待ち合わせることになった。カンディードと忠僕のカカンボは船長を待つべく、二頭の羊を連れてその居酒屋へ行った。

カンディードは相変わらず隠し事ができない。彼はスペイン人船長にこれまでの一部始終を物語り、キュネゴンド姫を連れ去るつもりだと打ち明けた。と、船長は言った。

「おれはこの話からは降りるよ。あんた方をブエノスアイレスへ送り届けることはしない。そんなことをしたら、おれは縛り首だ。あんた方も同じだよ。あの美人のキュネゴンドは総督のお気に入りの愛人なんだ」

カンディードは雷に打たれたようなものだった。彼は長いこと泣いた。やがて、カカンボを脇へ引き寄せた。

「ねえ、カカンボ、これから言うとおりにしてくれないか。ぼくらはそれぞれポケットに、五、六百万の値打ちのダイヤモンドを持っている。おまえはぼくより事を運ぶのが上手だ。ブエノスアイレスへ行ってキュネゴンド姫を引き取ってくれ。総督が難色を示すようなら百万やればいい。それでも折れないなら二百万やってくれ。異端審問所の審問官を殺したのはおまえじゃないから、怪しいやつだと思われることはないはずだ。ぼくは別の船を仕立て、ヴェネチアまで行って、あちらでおまえを待つ。あそこは自由の国だ。ブルガリア人、アバリア人、ユダヤ人、異端審問所の審問官……、誰が来たって何も恐れることはない」

カカンボはこの賢い決心に全面的に賛成した。彼にとって、今や親しい友人ともなった善良な主人と別れるのは、とことんやるせないことではあった。が、その主人の役に立てる喜びのほうが別れの辛さに勝った。二人は涙を流しながら抱き合った。カンディードは、あの善良な老婆のことをけっして忘れてくれるなと、くどいほどに頼んだ。カカンボはその日のうちに発った。このカカンボというのは、まことに善い人間であった。

カンディードはさらに数日間スリナムに滞在し、誰か別の船長が彼を、つまり彼と、彼のもとに残っている二頭の羊を、イタリアへと連れて行ってくれようとするのを待った。彼は召使いを数名雇い、長旅に必要なすべての物を買い揃えた。ついに、大型船の持ち主であるファンデルデンデュール氏が面会を求めてきた。この男にカンディードは訊ねた。

「いくら支払えば、ヴェネチアまで直行で、私と、召使いたちと、手荷物と、あそこにいるあの二頭の羊を連れて行ってくれますか」

船長は一万ピアストル〔直径約三十八ミリの銀貨。スペイン帝国で鋳造され、十七〜十八世紀には国際通貨単位として全世界に広く流通していた〕で承知すると言った。カンディードはためらわなかった。

「へえ！」と、抜け目ないファンデルデンデュールは心中秘かにつぶやいた。「この外国人、即金で一万ピアストルも出すそうな！　たいへんな金持ちにちがいない」

まもなく引き返してきて、二万は払ってもらわないと出航できないと告げた。カンディードは、「よろしい、それだけ出します」と返事した。

「おや、おや！」商人は低い声で独りごちた。「この男、一万でも、二万でも、平気で出すんだな」

彼はまた引き返してきた。そして、三万ピアストルは払ってもらわないとヴェネチアまでお連れすることはできないと言った。カンディードは応じた。「では、三万出しましょう」

「なんと、なんと！」オランダ人商人はまたしても独りごちた。「三万ピアストルの大金がこの男には何でもないのか。とすると、あの二頭の羊に莫大な財宝が積まれているのにちがいない。値をつり上げるのはもうこの辺でやめておこう。まずは三万ピアストルを払わせてだな、そのあとは、まあ見ていろ……」

カンディードは小さなダイヤモンドを二粒売り払った。その小さなほうだけでも、船長が要求する総額以上の値打ちがあった。彼は船長に前払いをした。二頭の羊がまず船に乗せられた。カンディードはあとに続き、停泊中の船に乗り込むべく小舟で近づいていった。船長は機を窺っていたが、今だとばかりに帆を揚げ、舫(もや)い綱(づな)を解く。風が船長に味方する。カンディードは慌てふためき、唖然とする。その視界から、船はたちまち消え去る。

「ああ！」カンディードは叫んだ。「これぞ旧大陸ヨーロッパに似合いの手口だ」

カンディードは痛恨の思いに沈み切って、岸に戻る。なにしろ、二十人の君主の財産とするにふさわしいだけのものを失ったのであった。

彼はオランダ人判事のもとを訪れる。いささか心乱れているがゆえに、ドアを乱暴にノックする。中に入り、どんな目に遭ったかを説明し、いささか不適切に声を荒げる。判事はまず、大声を張り上げたことの罰金として一万ピアストルを支払わせた。それから、辛抱強くカンディードの話を聴き、商人が帰着し次第、事件を吟味すると約束した。最後に、訴えの聴取料として、また別に一万ピアストルを納めさせた。

このやり方がカンディードの気分をすっかり滅入らせた。彼がこんなことの千倍も悲痛な不幸をすでに経験してきていたことは事実だ。それでも、判事の冷静沈着さと、財宝を盗んだ船長のそれは、不機嫌の元となる彼の胆汁（たんじゅう）を過剰に分泌させ、どす黒い憂鬱（メランコリー）の中に彼を沈み込ませた。人間の悪意がその醜さを余すところなく露（あら）わにして、彼の心に迫ってきていた。カンディードは陰鬱な考えに浸るばかりだった。そのうちにやっと、一隻のフランス船がボルドーに向かって出航しようとしていたので、もはやダイヤモンドを積んだ羊を乗船させる必要のなかった彼は、適正な料金で船室を一つ借りた。そして町に広告を出した。正直な人で、船旅を共にしてくれる人がいれば、船賃と食費を負担した上、二万ピアストルを与えるが、ただしその人は自分の境遇に誰よりも嫌気の差している人、この地方で誰よりも不幸な人でなければならない、というのだった。

船団を組んでも収容しきれないほど大勢の志願者が現れた。カンディードは特にきちんとした様子の志願者のうちから選ぼうと考え、まず約二十人を選り分けた。皆、彼の目にかなり付き合いよさそうに見える人物で、我こそは選ばれるにふさわしいと主張していた。彼はその二十人ばかりをとある居酒屋に集め、夕食を振る舞ったが、それには条件があった。つまり、あるがままに身の上話をすることを各自がまず誓ってくれなければいけないというのだった。そうして話を聞かせてくれたら、とカンディードは約束した。いちばん気の毒だと思える人、自らの境遇に誰よりも嫌気が差していて、それも当然の理由で嫌気が差していると思える人を選ぶことにする、そして選に漏れた方々にも多少の手当てを差し上げる、と。

このオーディションは朝の四時まで続いた。次々に語られる体験談に耳を傾けながら、カンディードはブエノスアイレスへ向かう船の中で老婆が語ったことや、その老婆が、この船のどこを探しても大きな不幸に見舞われたことのない人など一人もいないと、賭けるように言い切ったことを改めて想い出していた。また、志願者の身の上話を一つ聞くたびに、彼はパングロスのことを思った。

「あのパングロスがここに居合わせたら、自分の理論体系(システム)の正しさを証明できなくて困るだろう。あの人にこの場にいてもらいたかったな。それにしても、これはもう間違いない、すべてがうまく行っているとすれば、それは黄金郷(エルドラド)での話だ。地上の世界一般について言えることではない」

結局彼は、アムステルダムで幾人かの出版人に協力して十年働いたという貧乏学者を採用した。それ以上に割の合わない、嫌気の差す職業は、この世のどこにもないと判断したからだった。

この学者は、学者である前に善良な男でもあったのだが、妻に金を盗まれ、息子に殴られ、娘には棄てられた身の上だった。その娘はポルトガル人の男にどこかへ連れ去られてしまったのだ。そして折しも、それまでどうにか糊口を凌ぐのに役立っていた小さな職をも奪われたばかりだった。その上、スリナムの小うるさい説教師たちによって、ソッツィーニ〔十六世紀イタリアの宗教改革者ソッツィーニは聖書の合理的解釈を説き、キリストを模範的人格と捉え、その神性を否定した〕の信奉者と見なされ、そのせいで迫害されていた。ただ、他の候補者らも、少なくともこの貧乏学者と同程度には不幸だった。そこのところは認めてやらなければいけない。けれどもカンディードは、学者だけにこの男なら、単調な海路の退屈を紛らわせてくれるだろうと期待したのだった。他の志願者たちは皆それぞれ、カンディードが自分に対してひどく不公正な決定を下したと思った。だがカンディードは、めいめいに百ピアストルを与えることで一同の気持ちを宥めた。

第20章

洋上でカンディードとマルティンの身に起こったこと

くだんの老学者は名前をマルティンといった。このマルティンがカンディードとともに、ボルドーへ向かう船に乗り込んだわけである。二人はいずれも、多くのものを見、多くの苦労を重ねてきていた。だから、たとえ船がスリナムから出航して喜望峰を回り、あの遠い遠い日本へ向かうのだったとしても、長い船旅の間ずっと、精神の悪と自然の悪をめぐって語り合うタネが尽きることはなかっただろう。

とはいえ、カンディードはマルティンよりもはるかに恵まれた状況にあった。マルティンの胸には何の希望もなかったのに対し、彼は相変わらずキュネゴンド姫に再会する希望を抱いていたのだから。その上、彼は黄金やダイヤモンドを持っていた。たしかに、地上最大級の財宝を積んだ百頭もの大きな赤い羊を失ったことは事実だ。あのオランダ人船長にまんまと騙(かた)られたショックからまだ抜け出していなかったこと、それも事実だ。が、それでも、ポケットの中に残っているものを思うとき、また、キュネゴンドのことを特に食事のあとなどに話題にするとき、カンディードの心はパングロスの理論体系（システム）のほうへ傾くのだった。

彼は進んで学者に問いかけた。

「しかし、マルティンさん、こういった諸々（もろもろ）のことについて、あなたはどう思いますか。精神の悪と自然の悪についてのあなたのお考えを聞かせてください」

「ご存知のように」とマルティンは応じた。「宣教者たちは私をソッツィーニの信奉者だといって非難しました。ところが事実はといえば、私はマニ教〔三世紀ペルシャのマニを開祖とする宗教で、世界を善と悪の対立として説明する〕を信奉しているのです」

「ぼくをからかっていますね」とカンディード。「今どき、マニ教徒なんていませんよ」

「私がいます。別にそれを信じてどうしようというわけじゃないのですよ。しかし、他の考え方にはどうしても納得がいかない」

「へえ、そんなに強く確信しているなんて、まるで体に悪魔を棲（す）まわせているみたいだ……」

「いや、冗談ではなしに、そのとおりなのですよ。悪魔ときたら、この世界のことにやたらと首を突っ込んできますからね、私の体にも、他のいたるところにも棲み着くのです。それにしても、この地球のありさまに、このちっぽけな、ただの球体のありさまに目を向けると、はっきりいって神さまはこいつを打ち捨て、何か悪意ある存在の手に渡しておしまいになったのだと思います。もっとも、黄金郷だけは、私も例外と見なしますけれどもね。私はこれまでに見てきたのです。町という町は必ずといってよいほど隣の町の破滅を願っているし、家族という家族はどこかの別の家族を全滅させたがっている。いたるところで、弱者は強者に呪詛を浴びせている。そのくせ強者の前に出ると這いつくばる。そして強者は弱者を毛や肉を売りに出す家畜同然に扱う。見てごらんなさい。百万人もの人殺しが見事連隊に編成されてヨーロッパ中を駆けめぐり、規律にしたがって殺戮と略奪を遂行しているではありませんか。何のために？　自ら糊口を凌ぐためです。それよりまともな実入りにつながる職はないからです。一方、平和を満喫しているように見える町、芸術が花咲いている町ではどうか。そんな町で人びとは、羨望、心配、不安に苛まれている。その苦しみときたら、敵に攻囲された町の人びとが経験する災いのほうがマシなくらいです。しかも人には、心に秘めておくしかない悲しみがある。これは公然たる悲惨にもまして残酷なものです。要するに、私はたくさんの事例を見、たくさんの体験をしてきたがゆえに、マニ教を信奉するのです」

　聞き終えて、カンディードは反論する。

「そうはいっても、善いこともありますよ」

「そうかもしれません」とマルティンは言う。「しかし、私にはそういう経験はない」

この議論の最中に、一発、大砲の音が聞こえた。そのあと時々刻々、砲声が続けざまに聞こえるようになってきている。誰もが望遠鏡を手に取る。見ると約三マイルの彼方で、二隻の帆船が交戦しているのであった。やがて風がその二隻のいずれをもフランス船のかなり近くまで導いてきたので、人びとは高みの見物とばかりに戦闘を眺めた。ついに、一方の船がもう一方に向けて舷側砲の一斉射撃を十分に低く、かつ正確に浴びせて、相手を撃沈した。カンディードとマルティンは、沈没していく船の上甲板に百人ほどの男たちの姿をはっきりと認めた。彼らは皆、両手を天に向け、凄まじい叫び声を上げていた。たちまちのうちに、すべてが海に呑み込まれた。

「やれやれ」と、マルティンがカンディードに向かって言った。「人間と人間が互いにどういうことをするか、かくの如しです」

「たしかに、この事件にはどこか悪魔の仕業のようなところがありますね」

こんなふうに話していたときだ。カンディードは何やら赤く目立つものが船のそばを泳いでいるのに気がついた。いったい何なのか確かめようと、ボートが降ろされた。なんとそれは彼の羊のうちの一頭だった。カンディードはこの羊をふたたび見出して、黄金郷(エルドラド)の大粒のダイヤモンドを積んだ百頭の羊を失ったときの悲しみにもまさる喜びを味わった。

まもなくフランス人船長が、敵船を沈めたほうの船長がスペイン人であること、沈められたほうの船長がオランダ人の海賊であることを看(み)て取った。その海賊こそ、カンディードに対して盗みを働いた例の男にほかならなかった。極悪人が横取りした莫大な富はその極悪人もろとも海底に埋もれ、ただ一頭の羊だけが救われたのだった。

「ほら、どうです」と、今度はカンディードがマルティンに言った。「犯罪が罰せられることも時にはありますよ。あの卑しいオランダ人船長は当然の報いを受けました」

すると、マルティンは言った。

「それはそうだ。しかし、だからといって、彼の船に乗り合わせていた乗客たちまで同じように死なねばならなかったでしょうか。神さまはあのペテン師に罰を下された。でも一方で悪魔が、他の人たちを溺死させたのです」

この間も、フランス船とスペイン船は航路を進み続けた。カンディードはマルティンとの会話を継続した。彼らは二週間連続で議論をした。が、二週間経っても、それぞれの立場は第一日目と変わりがなかった。しかし、それでも彼らは話し続け、考えを伝え合い、心を慰め合ったのだった。カンディードは羊をしきりに撫でて、言うのだった。

「おまえにまた会えたのだから、ぼくはきっとキュネゴンドにも会えるさ」

第21章

カンディードとマルティンがフランスの海岸に近づいていくこと、ならびに議論を続けること

ついにフランスの海岸が見えた。カンディードが問いかける。

「マルティンさん、フランスに行ったことがありますか」

「ええ」とマルティンは答えた。「いくつもの地方を回りました。半数の住民の頭が変になっている地方があるかと思えば、住民が狡猾(こうかつ)すぎる地方も二つ、三つあります。他にも、一般に相当おとなしくて、相当愚鈍な連中が住んでいる地方、何かにつけて教養と才気のあるところを見せびらかす傾向の目立つ地方など、いろいろある。フランス全土に共通する人びとの関心事はというと、一に色恋、二に他人の悪口、そして三つ目がバカ話をすること……」

「しかしマルティンさん、パリをご覧になりましたか」

「ええ、パリも見ましたよ。あそこでは、いま言ったいろんな性格が渾然一体になっているんです。あの町はカオスです。雑踏です。その中で皆がこぞって快楽を求めているが、ほとんど誰ひとりそれを手に入れた者はいない。少なくとも、私にはそう見えました。あそこには短期間いただけなんですが、到着したその日に、有名なサン＝ジェルマンの市で、掏摸に有り金全部を盗られたのですよ。ところが、この私のほうが泥棒扱いされ、一週間、牢屋に入れられました。そのあと、オランダまで徒歩で帰るための旅費を作ろうと思って、印刷屋の校正係になりました。やくざな記者や物書き、陰謀好きの坊主、体が痙攣するのを神秘体験だといって騒ぐ連中〔キリスト教の一派ジャンセニズムの狂信的信奉者への揶揄と考えられる〕、そんな有象無象と知り合いになりました。あの町には非常に洗練された、教養のある人たちがいると評判ですが、本当でしょうかねえ」

「ぼくには、フランスを見たいなんていう気持ちはまったくありません」とカンディードは言った。「容易くお察しいただけるでしょうが、黄金郷で一カ月も過ごすと、この地上で見てみたいものなど一つもなくなってしまうのです。ただもうキュネゴンドにさえ会えればと、そう思うばかりです。ぼくは彼女をヴェネチアで待ちます。フランスを横断してイタリアへ行くんです。どうです、一緒に行きませんか」

「ええ、喜んで」とマルティンは言った。「ヴェネチアは貴族共和国で、あそこの貴族にとってだけ好ましい国なのだと言われていますが、しかし外国人でも金持ちなら歓迎されるとも聞きます。私はカネがない。が、あなたは持っておられる。どこへでもついて行きますよ」

「ところで」とカンディードが言った。「地球はもともとはひとつの海だったと考えますか。船長が持っているあの分厚い本〔ビュフォン『地球の理論』(一七四九年)などが念頭に置かれているものと思われる〕には、はっきりとそう書かれているのですが」

「まったく信じません」とマルティンは答えた。「それだけじゃなくて、近頃次々に繰り出されている夢物語のたぐい、ああいうのはどれも信用できない」

「では」とカンディードが問う。「この世界はいったい何の目的で形作られたのでしょう?」

「われわれをとことん怒らせ、狂わせるためでしょうな」マルティンは答えた。

「大耳族の国の二人の娘が二匹の猿に対して、人に対するような愛情を抱いていたという一件、すでにお話ししましたよね。マルティンさんも、あれには仰天じゃないですか」

「いや、いっこうに。その娘たちの情熱のどこが異常なのか、わかりかねますよ。私は普通じゃないものを山ほど見てきましたからね、もう何を見ても、ふつうじゃないとは思えないのです」

「では、果たして人類は昔から今と同じように常に殺し合いをしてきたのでしょうか」とカンディードがまた問う。「人間というのはいつの時代も変わらず、昔からずっと嘘つきで、腹黒くて、不実で、恩知らずで、悪党で、弱虫で、移り気で、卑怯で、ねたみ深くて、大食らいで、酔っぱらいで、守銭奴で、野心家で、血を見るのが好きで、他人の悪口中傷が大好きで、放蕩者で、狂信家で、偽善者で、おまけに間抜けだったと、そうお考えですか」

「では逆に伺うが」とマルティンが言った。「鷹が鳩を見つけたら、いつの時代も変わらずその鳩を食ってきたということ、これを信じますか」

「ええ、そりゃそうでしょう」とカンディードが言った。

「よろしい！　それならば、鷹はいつの時代も同じ性質なわけだ。それなのに、人間だけは性質が変わったと、どうしてそう思いたいのです？」

「いやいや、人間と動物との間には大きな違いがありますよ。人間には自由意志ってものが……」

こんなふうに議論しているうち、彼らはボルドーに到着した。

第22章　フランスでカンディードとマルティンに起こったこと

カンディードがボルドーに滞在したのは、黄金郷(エルドラド)の小石をいくつか売るのと、二人乗りの上等の馬車を借りるのに要する時間だけだった。二人乗りを調達したのは、哲学者マルティンといつも一緒でないと、もはや我慢できなくなっていたからである。しかし例の羊とは別れざるを得ず、それは非常に辛かった。彼は羊をボルドーの科学アカデミーに預けた。すると、科学アカデミーは、その年の懸賞論文のテーマとして、「この羊の毛はなにゆえに赤いのであるか、その理由を論述せよ」というのを掲げた。賞金は北方の国のある学者に授与された。この学者先生はなんと、「AプラスB、マイナスC、割るZ」ということに精妙なる数式によって、問題の羊は必然的に赤いのであり、羊痘(ようとう)で死ぬ定めにあるのだ、ということを証明したのであった。

さて、カンディードはボルドーをあとにして街道を辿っていったわけだが、道中そこかしこの宿屋で会う旅人たちが皆、「パリへ行くんです」と言う。誰もが示すその熱意に影響されて、とうとう彼もパリという首都を見てみたくなった。パリへ立ち寄るとしても、ヴェネチアへ向かう道から大きく逸(そ)れてしまうわけではなかった。

そのパリの市中へと入っていくのに、彼はまずフォブール・サン゠マルソー〔当時パリの南の入口に位置していた貧民街。現在のゴブラン界隈〕を通った。郷里ヴェストファーレン地方のいちばん見苦しい村に舞い戻ったような気がした。

宿に着くやいなや、旅の疲れから軽い病気に罹(かか)った。彼はとてつもなく大きなダイヤモンドの指輪をしていたし、旅の荷物の中に驚くほど重い宝石箱のあることも人に気づかれていたから、たちまち、医者が二人、呼んでもいないのに駆けつけ、俄(にわか)に親友になった男が二人、三人と見舞いに来て立ち去らず、信心家らしき婦人が二人、まめまめしくスープを温めてくれる、という状況になった。マルティンは言ったものだ。

「そういえば、私もパリへ初めて来たとき、病気になったのですがね。私はひどく貧乏だった。だから友人も、信心家のご婦人も、お医者も現れなかった。おかげで病気が治りましたよ」

ところがカンディードの場合、さんざん薬を呑まされ、瀉血(しゃけつ)をされたため、病(やまい)が本格的になってしまった。界隈の小教区助任司祭がやって来て、あの世へ行くための持参人払い手形〔当時葬儀を執り行うための条件として要求されることのあった聴罪証明書への仄めかし〕をいただけますかなと、猫なで声で言った。カンディードは、そんなことに応じる気はさらさらないと突っぱねた。信心家のご婦人たちが訳知り顔で、でもそうするのが時代の先端を行くやり方ですのよと言った。カンディードは、自分は時代の先端を行くタイプではまったくないのだと答えた。マルティンはその小教区助任司祭を窓から放り出そうとした。坊主は、カンディードが死んでも絶対に葬式をしてやらないぞと言い放った。マルティンが、これ以上われわれにうるさく付きまとうと、あべこべにおまえを葬ってやるぞと言い返した。烈しい口論になった。マルティンが坊主の肩を摑んで、手荒く追い出した。すると、これが近隣の顰蹙(ひんしゅく)を買い、調書を取られることになった。

カンディードの病気は治った。体力が恢復するのを待ちつつ、いたって付き合いのよい連中を夕食に招いた。毎度、皆で大金を賭ける勝負事をした。カンディードはエースのカードが一度として自分のところに回ってこないのが不思議でならなかった。一方マルティンは、そんなことには驚かなかった。

市中を案内してくれる連中のうちに、ペリゴール地方〔フランス中南西部、ボルドー東方の地域〕出身の世話好きな坊さんがいて、これはまさに、いつもちょこまかと動き回って抜け目がなく、親切なのか、なれなれしいのか、とにかく愛想がよくて、迎合的で、よそ者が通りかかれば待ち構えていたように巷(ちまた)のゴシップを耳に入れ、何がなんでも遊興の場へ連れ出そうとする、といった連中の一人だった。この坊さんがカンディードとマルティンをまずは劇場へ案内した。そこでは新作悲劇が上演されていた。カンディードの席の周りには幾人か、いかにも知識人然とした人士がいた。それでもカンディードは、完璧に演じられた場面では涙せずにはいられなかった。幕間に、横にいた理論家の一人がカンディードに言った。

「あれで泣くなんて、あなた、どうかしていますよ。あの女優は下手くそだし、共演している男優ときたら、それに輪をかけた大根だ。台本は役者たちよりもっとひどい。そもそも作者はアラビア語なんてひと言も知らぬのです。そのくせ舞台はアラビアときている。おまけに、この作者はね、人間が持って生まれた経験に先立つ観念、いわゆる生得観念〔十七世紀前半フランスの哲学者デカルトに見られる概念。イギリスのロックが一六九〇年の『人間悟性論』でこれを批判し、十八世紀にはフランスでもロックの説に与する者が多かった。ヴォルテールはその代表的な一人〕を信じない輩なのですぞ。そうだ、明日にも、この作者を批判する冊子を二十冊、あなたのところへ届けて差し上げよう」

カンディードは坊さんに訊ねた。

「フランスにはどれくらいの数の戯曲があるんですか」

「五千本から六千本といったところでしょうな」

「大した数字だ」とカンディードは舌を巻いた。「そのうち、いい作品はどれくらいありますか」

「十五、六本ですかなあ」と相手は答えた。

「大した数字だ」——今度はマルティンが舌を巻いた。

カンディードはあるひとりの女優を見て上機嫌になった。たまに演目に載ることのあるかなり退屈な芝居でエリザベス女王に扮する女優だ。彼はマルティンに言った。

「あの女優は気に入りました。どことなくキュネゴンド姫に似ているんです。面会できたら嬉しいなあ」

ペリゴール地方出身の例の坊さんが、紹介して進ぜますよと申し出た。しかし、カンディードはドイツで生まれ育った田舎者だ。作法がわからない。いったいどうするのが儀礼なのか、フランスではイギリスの女王たちをどんなふうに遇するのか、そこを訊ねた。すると坊さんはこう言った。

「所によって区別しなくちゃいけません。地方では酒場に連れて行くのがふつうです。パリでは、相手が別嬪(べっぴん)なら、生きている間は敬意を払いますな。でも、死んでしまえば、ゴミ捨て場に投げ捨てるだけです」

「女王さまをゴミ捨て場にだって！」カンディードは驚く。

「いやいや、まさに」とマルティンが口を出す。「この方のおっしゃっているとおりなんですよ。以前私がパリに来ていたとき、ラシーヌ〔十七世紀フランスを代表する悲劇作家〕の『ミトリダート』でモニーム嬢を演じた女優〔アドリエンヌ・ルクーヴルールといって、ヴォルテールの友人でもあった〕がいわゆる『他界』ってやつをしました。ところが彼女は女優だからという理由でカトリック教会から破門されていて、この国の連中が埋葬の名誉と呼んでいるもの、つまりは、みすぼらしい墓地に埋められて界隈の最貧民といっしょに朽ち果てていくことなんですが、それさえも拒絶されました。ただ一人だけ引き離され、ブルゴーニュ通りの片隅に埋められたのです。あんな目に遭って、そりゃもう悲しい思いをしたにちがいありません。生前とても誇り高い人だったのですからね」

「それはまたずいぶんな話だね」とカンディード。

「憤慨してもどうにもならんのです」マルティンは続ける。「ここの連中はそういうふうに出来ているとしか、言いようがない。ありとあらゆる矛盾を、ありとあらゆる不都合を想像してごらんになるといい。それらがすべて、このへんてこな国では、政府にも、裁判所にも、教会にも、劇場にも見出せるのですよ」

　カンディードが訊ねた。

「パリでは人はいつも笑顔だというのは本当ですか」

「本当です」と坊さんが答えた。「しかし、同時にぷんぷん腹を立てているんです。なにしろ、大笑いしながら、何もかもに文句をつけるんですからな。もっといえば、ここでは人はニコニコしながら、どんな下劣なことでもやってのけるんです」

「ところで」と、カンディードはまた質問した。「あのふんぞり返った肥満体の男は何者ですか。さっきぼくに話しかけてきたのですが、なんとも嫌味なんです。ぼくがあれほど感動して泣いた戯曲のことも、ぼくをあれほど楽しませてくれた役者たちのことも、口をきわめて貶すのです」

「ああ、あれは恥知らずなやつでしてね」と坊さんが答えた。「戯曲という戯曲、本という本、何でもかんでもこき下ろすのがあの男の商売です。とにかく人が成功していると、それが誰であろうと憎むんです。ちょうど、男の能力を奪われた宦官が、いい思いをしている男を憎むようにね。文壇にうようよしている蛇の仲間で、泥と毒を日々の糧にしている。要するに、売文時評家ですよ」

「何ですか、売文時評家って？」

「くだらない雑誌に評論を書いている連中のことです。エリー・フレロン〔一七一八～一七七六年。『文学年鑑（アンネ・リテレール）』誌編集長で、啓蒙哲学者たちの論敵だった〕のたぐいですな」

こうして、カンディードと、マルティンと、ペリゴール地方出身の坊さんは階段の所で話し込んでいた。その横を、観劇を終えた連中がぞろぞろと通り過ぎていく。

「ぼくはキュネゴンド姫に再会したくて気がはやってはいるのですが、それでもクレロン嬢〔一七二三～一八〇三年。ヴォルテールの幾つもの戯曲を主演した大女優〕とは夕食を共にしてみたいなあ。あの女優は本当に素晴らしいと思いましたよ」

坊さんはクレロン嬢に近づけるような柄ではなかった。もっと品がよくなければ、彼女には会ってもらえない。そこで坊さんは言った。

「あの人は今晩は先約があるんです。代わりに、これからある貴婦人のところへお連れ申し上げますよ。あのサロンへ行けば、すでに四年ばかりもパリに住んでいるかのように、この町のことに精通できます」

カンディードは生来、好奇心旺盛である。案内されるままに、フォブール・サン＝トノレ界隈の奥まった所にあるその貴婦人の屋敷を訪れた。折しも客間で、フェローという賭け事がおこなわれていた。むっつり顔の男女が十二名、めいめい手に一組のカードを手にしてテーブルを囲んでいる。カードの隅が折り曲げられているのは金を賭けたしるしなので、手持ちのカードは負け数の記録でもある。一同、静まりかえっている。金を賭けている面々の額（ひたい）は蒼白だ。胴元の額には不安が漂っている。屋敷の主たる貴婦人はその非情な胴元の隣に座を占め、山猫のような目つきで、賭け手がカードの隅を折って倍賭けをしたり、まだ自分のカードが来てもいないのに、まるですでに勝ちが決まったかのように七倍賭けに及んだりするのを、厳しく監視している。そして、ときどきカードの折れているところを伸ばすように要求するのだが、そんなときもあくまでやんわりとした物腰を保ち、けっして声を荒げることがない。得意客を失うのを恐れているようだ。貴婦人は一同に、自分のことをパロリニャック侯爵夫人と呼ばせていた。彼女の娘もいて、十五歳になるのだが、これが胴元相手に金を賭ける側に混じり、哀れな連中が自分のつきのなさを埋め合わせたくていかさまに走るのを、母親に目くばせで知らせている。

そこへペリゴール出身の坊さん、カンディード、マルティンの三人が入っていったのだが、誰ひとり立ち上がらず、会釈もせず、振り向きもしなかった。全員、カードに没頭していた。

「これじゃ、トゥンダー＝テン＝トゥロンク男爵の奥方さまのほうが礼儀正しいや」

とカンディードは言った。

一方、坊さんは侯爵夫人に近づき、その耳元で何かささやいた。すると、侯爵夫人が半ば腰を浮かせ、カンディードには愛想よくもにこやかに微笑み、マルティンに対しては、まさしく貴族的な態度で頷(うなず)いて見せた。彼女がカンディードのために席を作らせ、カードを配らせたところ、カンディードは二回の勝負でなんと五万フラン〔当時、通常の通貨単位「リーヴル」を「フラン」と呼ぶこともあった〕も負けてしまった。そのあと、にぎやかな晩餐と相成(あいな)ったのだが、一同、大損をしたカンディードの顔にいささかもショックの色が見えないことに驚いていた。召使いたちは、召使いの仲間うちでだけ通じる言葉でささやき合っていた。

「ありゃ、きっとイギリスの大貴族だな」

晩餐は、パリでのたいていの晩餐と変わりがなかった。つまり、最初は一同押し黙っているが、やがて聞き取れないような小声でざわめき始め、そのうち堰(せき)が切れて、十中八九は何の面白みもない冗談が飛び交い、でたらめな噂話や粗雑な議論が続き、少々の政治談義と、たっぷりの悪口雑言が繰り広げられるという、お決まりのパターンで推移したのである。新刊書の話も出た。

「皆さん、ガブリエル・ゴーシャ〔一七〇九～七四年。カトリックの僧侶で、百科全書派やヴォルテールの論敵であった〕とかいう神学博士の小説はお読みになりましたかな」と、ペリゴール出身の坊さんが訊ねた。

「ええ、手には取ってみましたよ」と食客の一人が答えた。「しかし、途中で投げ出すほかなかった。世の中に見当外れの本というのは数多(あまた)ありますがね、全部かき集めても、神学博士だというゴーシャ先生の見当外れのひどさ加減には遠く及びませんぞ。私はね、世間に氾濫しておるロクでもない本の夥しさにうんざりした結果、フェローの賭け事に手を出すようになったのです」

坊さんがまた問いかけた。

「では、T司教代理〔トリュブレ師、一六七七～一七七〇年。カトリックの僧侶で、百科全書派やヴォルテールの論敵であった〕の『論叢(ろんそう)』については、どういうご感想ですかな」

「ああ、あの本は死ぬほど退屈ですわ！」パロリニャック侯爵夫人が言い放った。

「T司教代理がお書きになるのは、誰もが先刻承知していることばかり！　それに、あんなどうでもいいようなことを、どうしてあれほど仰々しく論じ立てるのかしら。それに、他人の機知（エスプリ）を、およそ機知（エスプリ）に欠けるやり方で横取りすることといったら！　横取りしたものを台無しにしてしまうことといったら！　本当にうんざりです。でも、もうこの先は、うんざりさせられることもないと思いますわ。あの方のものなんて、二、三ページも読めば、それで充分ですもの」

会食者のうちに博識で、かつすぐれた趣味を持つ男がいて、侯爵夫人の言い分を支持した。

続いて、悲劇作品が話題になった。侯爵夫人が疑問を持ち出した。ときには上演されることもある悲劇なのに、読み物としては鑑賞に堪えないというケースがあるのはなぜなのでしょう？　そこで、すぐれた趣味の男が、どうして戯曲は、何らかの面白みがあっても、それだけではほとんどまったく値打ちのない作品にとどまるのか、そこのところを巧みに説明した。彼がわずかな言葉で立証したのは、次のようなことだった。芝居の場合、どんな小説にも含まれているたぐいの、ちょいとした山場を一つ二つ組み込んでおけば、その場面では必ず観客を惹きつけることができる。しかし、それでは充分でないのだ。芝居は奇異な感じを与えずに新鮮味を出し、しばしば崇高で、しかも常に自然でなければならぬ。作者は人間の心を熟知し、その心に語らせなければならぬ。作中のどの人物をも詩人であるようには見せないでおいて、作者自身は大詩人でないといけない。自分の言語を完璧に把握し、それをピュアに、途切れることのない調和のうちに使いこなすことが必要であり、文意を犠牲にするような韻（いん）の踏み方はくれぐれも避けねばならぬ〔ヴォルテールの時代の戯曲は韻文で構成されていた〕、云々。

「こうした規則を遵守しない者も」と彼はつけ加えた。「劇場で拍手喝采される戯曲を一、二篇作るくらいはできるでしょう。しかし、将来にわたり、よい作家の列に加えられることはけっしてない。よい悲劇作品はごく少数に限られています。悲劇を名乗る作品のうちには、対話形式を用いた田園恋愛詩が多いのです。上手に書かれ、上手に韻を踏んでいるだけの代物です。また、眠気を催させるような政治談義や、いい加減にしろと言いたくなるような誇張した話も少なくありません。そうかと思うと、神がかり風の夢想が野暮ったい文体で綴られていたり、途切れ途切れの台詞が並べられていたり、人間に語りかけることを知らぬがゆえに神々への呼びかけが長々と続いたり、でたらめな格言が繰り出されたり、月並みな文句が大仰に吐かれていたり、といった具合です」

カンディードはこの話に注意深く耳を傾け、この弁士は大した人物だと思った。そして、侯爵夫人の計らいで夫人のすぐ横に坐らせてもらっていたので、夫人の耳元に近づき、見事な語り口のあの人はどなたなのですかと遠慮なく訊ねた。

「あの方は学者ですわ」と侯爵夫人は返事した。「賭け事はなさいませんけれど、お坊さまに連れられて、ときどき晩餐に来てくださいますの。悲劇のことや書物のことにとても造詣が深くていらっしゃいますのよ。ご自分でも悲劇を一篇お作りになりましたが、劇場では野次られました。ご本も一つお書きになったのですが、これも、わたくしに献呈してくださった一冊を別にすると、版元の店以外の所では見かけた人がいません」

「偉人にちがいない！」カンディードは唸（うな）った。「パングロス並みの人物だ」

そこで、その人物のほうを向き、彼は言った。

「あなたのようなお方ならきっとそうだと思うのですが、いかがでしょう、精神界でも物質界でもすべては最善の状態にあるのであって、何ひとつとして現状以外の在り方をすることはできない、というお考えなのでしょうね」

「私はね」と学者は答えた。「そういう考えにはまったく与しません。私の見るところ、我が国では何ひとつうまくいっていない。誰ひとり、自分が本来どういう地位にあるのか、どんな職務を任されているのか、自分が何をしているのか、何をなすべきなのか、そういったことを心得ていないのです。かくして、人びとがかなり楽しげで、かなり仲良くしているように見える晩餐の席を別にして、それ以外の時間はことごとく、見当外れの争いに費やされている。ジャンセニスト〔十七世紀オランダの神学者ヤンセンの教説を継承して厳格な救霊予定説に拠る人びと〕対モリニスト〔十六世紀スペインの神学者モリナの教説に拠って救霊予定説と自由意志論を両立させるイエズス会士たち〕、高等法院の判事たち対カトリック教会の司祭たち、文壇人対文壇人、宮廷人対宮廷人、徴税請負人たち対民衆、妻対夫、親戚対親戚……。まさに果てしない戦争です」

　カンディードは反論した。

「ぼくはもっとひどい事態を見てきました。しかし、ある賢者がね、その人はその後不幸にも縛り首にされてしまったのですけれども……、ぼくに教えてくれたんです。この世界のすべては素晴らしい状態にあるのであって、そう見えない要素は一幅の絵の美しさを引き立てる陰翳なのだと」

　マルティンが口を挟む。

「縛り首にされたその男は、平気ででたらめを吹聴していたものと見える。あなたが陰翳と言っているのは、醜い汚れですよ」

「でも、その汚れを作るのは人間です」とカンディード。「しかも、人間は汚れなしではやっていけないんだ」

「そう、したがって、人間のせいではないんです」

フェローに興じた面々の大半にとって、こういった言葉のやり取りはちんぷんかんぷんだった。彼らはただただ酒を飲んでいた。そこで、マルティンは学者を相手に議論に興じた。カンディードは身の上話をひとくさり、この屋敷の女主人に語ってきかせた。

晩餐後、侯爵夫人はカンディードを私室へともない、長椅子にかけさせた。

「それじゃ、あなた」と彼女は訊ねた。「今も変わらず、トゥンダー＝テン＝トゥロンク家のキュネゴンド姫に首ったけでいらっしゃるのね」

「ええ、そうです」とカンディードは答えた。

「あらまあ、いかにもヴェストファーレン地方の青年らしいお答えね。フランス人なら、こう言うわよ。『たしかにぼくはキュネゴンド姫に恋したんです。でもマダム、あなたにお目にかかった今、ぼくは不安です。もう彼女への恋は冷めたのではないかという気がして……』」

「失礼しました！」カンディードは言った。「これからはマダムのお気に召すようにお答えします」

「その方に対するあなたの恋は、ハンカチを拾って差し上げたところから始まったのでしたわね。わたくし、あなたに靴下留めを拾っていただきたいわ」

「それはもう喜んで……」

カンディードは拾い上げ、差し出した。

「そうじゃなくて、ちゃんと元のところに留めていただきたいの」と夫人は言った。

そこでカンディードは、靴下留めを留めてやった。

「ほら、お分かりかしら」と、この貴婦人は言った。「あなたは外国の方でしょう。わたくし、パリの愛人たちなら、ときには二週間ほども焦らしてやるのよ。でも、あなたには、この最初の晩から降参してあげる。だってヴェストファーレン地方の青年をお迎えした以上、この国をお見せしなくちゃなりませんものね」

この麗人、外国人青年の両の手に大きなダイヤモンドがあるのを認めて、それを誠心誠意、褒めたたえた。すると、ダイヤモンドはカンディードの指から侯爵夫人の指へと移動した。

カンディードはペリゴール出身の坊さんとともに帰る道すがら、キュネゴンド姫に対して不実をしてしまったことをいささか悔やんだ。坊さんは坊さんで苦い思いに駆られた。カンディードが賭博ですった五万リーヴルと、彼が贈ったようでもあり騙し取られたようでもある二個のダイヤモンドの値打ちから見て、坊さんの得た分け前はわずかなものだったのだ。なにしろこの坊さん、カンディードの知り合いになったことを利して、できるだけせしめようという腹なのだった。彼はカンディード相手に、しきりにキュネゴンドのことを話題にした。カンディードはヴェネチアでいとしい彼女に再会したら、自分の不実をちゃんと詫びるつもりだと言った。

するとは坊さんはまたいっそうの丁重さと気遣いを示し、カンディードの言うこと、なすこと、しようとすることのすべてに、思いやりに満ちた関心を寄せる。

「では、ヴェネチアで落ち合おうというお約束なのですな」

「そうなんです、神父さん、何が何でもぼくはヴェネチアまで行って、キュネゴンド姫に会わなくちゃなりません」

そう答えたカンディードは、恋人の話をする嬉しさにかまけ、例によって、ヴェストファーレン地方の令嬢との恋の経緯を部分的に語って聞かせた。

「きっと」と坊さんは言った。「キュネゴンド姫は才気煥発で、魅力的な手紙をお書きになるのでしょうな」

「いや、手紙は一度ももらったことがないのです。だって、考えてもみてください、彼女に恋して城館から追い出されたのですからね、ぼくから手紙を送ることは不可能でした。まもなく、あの人が死んだという話を聞いたんです。その後いったん再会したのですが、また離ればなれになってしまいました。で、今は、ここから二千五百里〔約一万キロに相当する〕も離れた所にいる彼女のもとへ使者を送って、その返事を待っているのです」

坊さんは注意深く耳を傾けていた。それでいて、何やら物思いにふけっているふうだった。やがて彼は、二人の外国人をやさしく抱擁した上で別れを告げた。翌日、カンディードは目覚めてすぐ、次のような文面の手紙を受け取った。

なつかしいカンディードさま、ここ一週間、わたくしはこのパリで病に伏せっております。あなたもパリにいらっしゃる由、聞き及びました。起き上がることさえできれば、わたくし、あなたの腕の中へ飛んで行きますのに――。あなたがボルドーにお立ち寄りになったことを知りました。あの町に忠実なカカンボと老婆を残してきたのですけれど、二人はおっつけ追いかけてくるはずです。ブエノスアイレスの総督には何もかも奪われました。でも、わたくしにはまだあなたのお心が残っています。こちらへいらしてくださいまし。あなたにお目にかかれれば、わたくしはきっと生き返ります。いいえ、嬉しさのあまり死んでしまうかもしれません。

この魅力的な手紙、この思いがけない手紙が、筆舌に尽くしがたいほどの喜びでカンディードを有頂天にした。同時に、いとしいキュネゴンドが病（やまい）に伏せっていると思うと、彼は悲しみに打ちひしがれた。こうして悲喜こもごも、カンディードは黄金とダイヤモンドを携（たずさ）え、マルティンを伴い、キュネゴンド姫が泊まっている宿屋へと案内させた。彼は感きわまりながら部屋に入る。胸がどきどきする。声がしゃくり上げるような声になる。寝台を囲んでいるカーテンを開けようとする。明かりを持ってこさせようとする。

「それはお控えくださいまし」と付き添いの女が言った。「光を入れるとお命にかかわります」

女はあっという間にカーテンを元どおり閉めてしまった。

「ぼくの大事なキュネゴンド」カンディードは涙ながらに語りかけた。「体の具合はどうですか。ぼくと対面できないなら、せめて何か話してください」

「お話しなさってはいけないんです」と付き添いの女が言う。

すると、婦人がカーテンの隙間からぽってりとした手を差し出す。カンディードはその手を長いこと涙で濡らす。それから、その手いっぱいにダイヤモンドを握らせ、黄金の詰まった袋を肘掛け椅子の上に置く。

この昂奮のさなか、ひとりの警部が、ペリゴール出身の坊さんと配下の分隊を引き連れてやって来た。

「おお、怪しい外国人というのはこの二人なんだな」

そう言うが早いか、隊長は部下に二人を捕らえさせ、監獄へ引っ立てろと命じた。

カンディードは憤慨した。「黄金郷(エルドラド)では旅行者にこんな扱いはしない！」

マルティンは嘆いた。「これでは、私はますますマニ教徒になってしまう」。

カンディードが警部に訊ねた。

「それにしても、ぼくたちをどこへ連れて行こうというのです？」

「土牢（つちろう）にぶち込んでやる」と警部は答えた。

マルティンが冷静さを取り戻し、判断した。キュネゴンドのふりをしている女は詐欺師で、ペリゴール出身の坊さんも、カンディードの純真さにいち早くつけいろうとした詐欺師だ。それなら、この警部も詐欺師のたぐいだろう。こんな男を厄介払いするのは難しいことではない……。

マルティンの助言で事の次第を呑み込んだカンディードは、相変わらず本物のキュネゴンドに会いたくてたまらない気持ちでいたので、面倒な裁判沙汰に巻き込まれるよりはと、隊長に小粒のダイヤモンドを三つ差し出した。一粒で金貨三千枚相当という値打ち物だった。

「ああ、これはこれは」と、警官庁高官の印である象牙の棒を携えた男は言った。「たとえ想像できるかぎりの犯罪を犯していても、貴殿はこの世でいちばん潔白なお方だ。ダイヤモンドを三つも！　しかも、一つで金貨三千枚にもなるやつを！　貴殿を土牢へ引っ立てるなんて、めっそうもない。いやもう貴殿のためなら、本官は死んでも構わんですよ。外国人は皆引っ張られていますがね、ここは本官にお任せくだされ。ノルマンディーのディエップに弟がおるのです。そこへご案内します。で、お手持ちのダイヤモンドをちっとばかし弟に渡していただけば、弟は本官同様に貴殿の便宜を図るにちがいありません」

「しかし、外国人と見れば皆逮捕するなんて、いったいなぜです？」カンディードが言った。

ペリゴール出身の坊さんが口を挟む。

「それはですな、アトレパシー〔北仏の旧州アルトワの旧名で、現在のパ゠ド゠カレ県にほぼ相当する地域〕出身のろくでなしが、愚にもつかぬ噂話を小耳に挟んで、それだけで国王陛下を襲ったからです。一六一〇年五月のアンリ四世暗殺のような事件ではなく、一五九四年十二月のアンリ四世暗殺未遂事件や、また別の年、別の月に、やはり愚にもつかぬ噂話を真（ま）に受けた別のろくでなしどもが犯した、別のいくつかの事件のような、ああいう出来事でした」

そこで警部が、どんな出来事だったかを具体的に説明した。

「ああ、人でなしどもが！」カンディードは叫んだ。「何たることか！　歌ったり、踊ったりする人民の間にそんなおぞましいことがあるなんて！　猿が虎をからかって喜んでいるようなこの国からは一刻も早く退散したいが、可能だろうか。ぼくは自分の国では熊にばかり出くわした。人間にめぐり会ったのは黄金郷（エルドラド）でだけだ。お願いです、警部さん、ぼくをヴェネチアへ連れて行っていただきたい。あちらで、キュネゴンド姫を待つ約束になっているんです」

「お連れできるのはバス＝ノルマンディーまでです」と警部は言った。

すぐさま、彼は指図して手錠や足枷（あしかせ）をはずさせ、人違いだったといって部下たち返した。そしてカンディードとマルティンをノルマンディーの港町ディエップまで連れて行った。そして二人を自分の弟の手に委（ゆだ）ねた。折から一艘のオランダ船が港に錨を下ろしていた。警部の弟にあたるノルマンディー地方の男は、兄がせしめたのとは別の三粒のダイヤモンドの効果によって世にも親切な人物となり、カンディードとその従者たちをオランダ船に乗せてくれた。その船は今にも出帆（しゅっぱん）し、イギリスのポーツマスへ向かおうとしていた。ヴェネチアへの航路ではなかった。が、それでもカンディードは、地獄から解放されたも同然の心地だった。それに彼は、機会が訪れ次第、ふたたびヴェネチアへの道を辿（たど）るつもりでいた。

第23章

カンディードとマルティン、イギリスの海岸に近づく。そこで二人が目にしたもの

「ああ、パングロス！　パングロスよ！　ああ、マルティン！　マルティンよ！　ああ、いとしいキュネゴンドよ！　この世界はいったい何なのだろう？」オランダ船の上で、カンディードはそう口にせずにはいられない。

「相当に狂っていて、相当に忌まわしい何かですな」とマルティンが応じる。

「あなたはイギリスのことを知っているのですよね。イギリスでも、人はフランスと同じくらいに狂っているんですか」

「ええ、狂気の種類が違いますけれどね」とマルティン。「ご存知のように、両国は戦争状態にあります。カナダくんだりのわずか数アルパン〔一アルパンはおよそ三五〇〇～五〇〇〇平方メートル〕の雪深い土地を争っているんです。そしてそのご立派な戦争のために、カナダ全土の値

打ちをはるかに超える多額の経費を注ぎ込んでいる。拘束しておかなくちゃならないような危険な輩がより多いのはどっちの国でしょうかね、そこまで正確に言えるほどの知識は私にはありません。ただ、次のことだけは分かっていますよ。これからわれわれが出会うことになる連中は一般に黒胆汁の多い体質でしてね、陰鬱で怒りっぽいのです」

二人がこんな話をしていると、船がいよいよポーツマス港に接近した。海岸に夥しい数の人びとが集まっている。彼らがじっと目を凝らしている先には、かなり太った男がいる。艦隊の中の一隻の軍艦の上甲板で目隠しをされ、跪かされている。その男の正面に配置されていた四名の兵士が、この上もなく平然とした態度で、それぞれ三発の銃弾を男の脳天に撃ち込んだ。すると、海岸の群衆は、この上もなく満足した様子で引き返していった。

「これはいったい、何が起こっているんだ?」カンディードが言った。「いったいどんな悪魔が、こんなふうに到るところで権勢を振るっているのか」

彼は、今しがた儀式ばったやり方で殺された太った男は誰なのかと訊ねて回った。

「あれはイギリス海軍の提督ですよ」と、誰かが答えた。

「いったいなぜ自軍の提督を殺すんです？」

「なぜって、あの提督の指揮のもとで殺せた敵の数が少なかったからですよ。彼はフランスの提督と一戦を交えていながら、敵に対して充分に詰め寄っていかなかったと見なされたわけでね」

「しかし、それを言うなら」とカンディードが言った。「相手のフランスの提督だって、あのイギリスの提督から離れた所にいたわけでしょう」

「そりゃそうに違いない。しかしながら」と相手は言い返した。「この国では、ときどき提督を一人処刑して、それでもって他の提督たちを奮い立たせるのがよい、ということになっておるのです〔一七五七年三月、対フランス軍作戦に失敗したビング提督は、ヴォルテールの擁護もむなしく艦上で処刑された〕。

カンディードは、目にすること、耳にすることに愕然とするやら、憤然とするやらで、こんな国には足も踏み入れたくないと思い、オランダ人の船長と交渉して――たとえスリナムで出会ったオランダ人にやられたように、このオランダ人にも盗まれることになるとしても――とにかく時を置かずにヴェネチアへ連れて行ってもらうことにした。

船長は二日後には出航の準備を終えていた。船はフランスの海岸に沿って進んだ。

その後、リスボンの見える沖合を通過した。そのときにはカンディードは身震いした。やがて海峡を抜け、地中海を航行していった。ついにヴェネチアに接近した。

「ああ、嬉しい！」カンディードはマルティンに抱きつくようにして言った。「このヴェネチアで麗しのキュネゴンドに再会するんです。ぼくはカカンボに全幅の信頼を置いています。万事順調、すべてがこれ以上はないほどに申し分なく推移していま す」

第24章

パケットのこと、およびジロフレー修道士のこと

ヴェネチアに着くやいなや、カンディードは町中の居酒屋へ、町中のカフェへ、町中の娼婦の所へ人をやって従僕のカカンボを捜させたが、どこにも見つからなかった。カンディードは連日、船という船、艀（はしけ）という艀に捜索目的で人を送り込んだ。それでもカカンボの消息はまったくつかめなかった。

「何たること！」と彼はマルティンに言った。「ぼくはスリナムからボルドーへ渡り、ボルドーからパリへ、パリからディエップへ、ディエップからポーツマスへ行き、ポルトガルとスペインの沿岸をぐるりと回り、遠路はるばる地中海を抜けてきて、ここヴェネチアですでに二、三カ月を過ごしたのですよ。ずいぶん時間を使ったわけです。それなのに麗しのキュネゴンドがまだ来ていないなんて！　彼女にはめぐり会えず、出会った相手はあの怪しげな女とペリゴール地方出身の坊さんでしかないなんて！

キュネゴンドはきっと死んでしまったんです。これでは、ぼくはもう死ぬよりほかにありません。やれやれ、黄金郷（エルドラド）の楽園にとどまっていたほうがよかった。こんな呪われたヨーロッパに戻ってくるんじゃなかった。ああ、マルティンさん、お説のとおりだ！　すべては幻（まぼろし）で、現実は災厄（さいやく）ばかりです」

彼はすっかり鬱状態（メランコリア）に落ち込み〔ラテン語「メランコリア」の語源は「黒胆汁」。古代ギリシャのヒッポクラテス以来、この体液の過剰が憂鬱の原因と考えられていた〕、トレンディなオペラにも、カーニバルで催されるさまざまな気晴らしにも加わらなかった。どんな婦人と会っても、気を惹かれることは少しもなかった。

マルティンは彼に言った。

「実のところ、あなたはあまりにもうぶだ。いいですか、五、六百万もの大金を懐（ふところ）にした混血の従僕が、あなたの恋人を世界の果てまで迎えに行って、そしてこのヴェネチアまで連れてきてくれるなんて、ふつう考えられないことです。その女性にうまく出会えれば自分のものにするに決まってる。出会えなければ他の女を手に入れるだけのことです。悪いことは言いません、従僕カカンボと恋人キュネゴンドのことは忘れてしまうにかぎりますよ」

マルティンの言葉は慰めにならない。カンディードの憂鬱はいっそう深くなった。

ところがマルティンはそのカンディードに向かって、手を弛めることなく力説する。この地上では徳もわずかだし、幸せもわずかしかない、おそらく黄金郷（エルドラド）だけは例外だが、そこへは誰も行くことができないのだ、と。

　この重大な問題について話し込みつつ、キュネゴンドの到着を待っているうちに、カンディードはサン＝マルコ広場で、テアティノ修道会〔一五二四年に南イタリアのテアト、現在のキエティで、聖職者の素行を正すべく創設された修道会〕の青年修道士が若い女の腰に腕を回しているのを見かけた。テアティノ会士は若々しく、肉づきがよく、精力旺盛に見えた。眼光爛々（らんらん）、自信ありげな様子で、顔立ちにノーブルなところがあり、身のこなしにも尊大なところがあった。女はとても器量よしで、歌を歌っていた。惚れ惚れするかのように修道士を見つめ、そのふっくらとした頬をときどき手でつねっていた。

「いくらあなたでも」とカンディードはマルティンに言った。「少なくともあの二人が幸せなことは認めるでしょう。ぼくはこれまで、人の住むかぎりの地上で、黄金郷（エルドラド）は例外ですけれども、不幸な人ばかり見てきました。しかし、あの若い女性とテアティノ会士については、賭けてもいいですよ、とても幸せな人たちにちがいないと思います」

「私はその反対に賭けます」とマルティン。

「手っ取り早いのは、あの二人を昼食に招くことでしょう」とカンディードが言った。「そうすれば、果たしてぼくの判断が間違っているかどうか、たちどころに分かりますよ」

さっそく、彼は二人に近づく。丁寧に挨拶をする。そして、自分たちの宿に来て、マカロニや、ロンバルディア地方産の山鶉（やまうずら）や、キャビアを食べませんか、モンテプルチアーノ〔イタリア、トスカーナ地方南部産のワイン〕や、ラクリマ・クリスティ〔文字どおり「キリストの涙」から生まれたといわれる南イタリアの白ワイン〕、またキプロス島、サモス島のワインを飲みませんか、と誘った。女性が顔を赤らめた。テアティノ会士は招きに応じた。女性はテアティノ会士のあとについて来ながら、驚きと困惑の眼差しでカンディードを見つめていたが、その眼が幾粒かの涙で曇った。カンディードの部屋に入るやいなや、彼女は言った。

「まあ、悲しいこと！　カンディードさま、もうパケットをお忘れになりましたのね！」

その言葉に、カンディードははっとした。なにしろキュネゴンドのことで頭がいっぱいで、その瞬間まではその女性を注意深く見ていなかったのだ。

「ああ、パケット、なんときみなのか。きみのせいで、パングロス博士はぼくと再会したとき、あのありさまになっていたのだってね」

「ええ、カンディードさま、間違いなくあたしですわ。もう何もかもご存知ですのね。あたし、男爵夫人のご一家とお美しいキュネゴンドさまの身の上にどんな恐ろしい災いが降りかかったのかを知りました。誓って申しますが、あたしの身の上もほとんど同じくらいに悲惨なものですの。あなたがご存知の頃のあたしは、本当にまだ無邪気な娘でした。で、あるフランシスコ会士に、その人はあたしの聴罪司祭だったのですが、易々(やすやす)と誘惑されてしまいました。その結果、おぞましいことになりました。あなたが男爵さまにお尻をしたたか蹴飛ばされ、城館の外へ放り出されてしまわれてからほどなく、あたしもあのお城を出なければならなくなったんです。あのとき、ある高名なお医者さまがあたしを哀れに思ってくださらなかったら、あたしは死んでしまっていました。感謝のしるしに、あたしはしばらくそのお医者さまの愛人になりました。ところが、先生の奥さまが猛烈に嫉妬深くて、毎日あたしを情け容赦なく打(ぶ)つんです。あれはまさに復讐の女神フリアイ〔ローマ神話に出てくる蛇の頭髪をもつ女神。ギリシャ神話ではエリニュス〕でした。先生はこれほどの醜男はどこにもいないと言えるほどの醜男でしたし、あたしはといえば、愛してもいない男のことで来る日も来る日も打たれるのですから、これほど不幸な女はどこにもいないと言えるほど不幸な女でした。でもね、カンディードさま、お分かりになりますか、口うるさくてヒステリックな女にとって、医者の連れ合いになるのがどれほど危険なことか。あたしのお医者さまも、奥さまのやり口があんまりだというので、ある日ちょっとした風邪を治すためといって、彼女にすこぶる効果的な薬を投与しました。そしたら、奥さまはひどい痙攣に襲われながら二時間で死んでしまいました。奥さまのご両親が、先生に対して刑事訴訟を起こしました。先生は逃亡しました。このあたしは牢屋に入れられました。身に覚えのないことだったのですけれど、それだけではだめで、あたしが助かったのは、ちょっぴり美人だったからです。裁判官が、医者のあとを自分に引き継がせるならと言って、あたしを釈放してくれたんです。あたしはまもなく競争相手の女に取って代わられ、手切れ金もなしに追い出され、仕方なく嫌な商売を続けることになりました。この商売、あなたがた殿方にはずいぶん楽しそうに見えるようですけれど、あたしたち女にとっては、計り知れないほどに惨めなんです。あたしはこの商売をしにヴェネチアへ来ました。ああ、カンディードさま、年寄りの商人だの、弁護士だの、修道士だの、ゴンドラの船頭だの、どこかの神父だの、誰でも彼でも同じようにちやほやしなきゃなりません。ありとあらゆる侮りに、ありとあらゆる辱めに身をさらすことになります。しばしばやりくりに困り果て、誰かにペティコートを借りては、会うだけでむかつくような男にそれをまくらせに行くほかなくなるんです。一方で儲けたものを、もう一方でかすめ取られます。司法官にはなんだかんだと搾り取られます。それで行く末はといえば、ぞっとするような老衰と、施療院と、そして屍をゴミ捨て場に投げ棄てられるような末路、そんなものしか思い浮かばないんです。この境遇がどんなものかを想像してみていただければ、きっとあたしのことを世界中でいちばん不幸せな女の一人と結論してくださるでしょう」

パケットはこうして、小部屋の中で、善良なカンディードに心の内を明かすのだった。そこにはマルティンも居合わせていて、彼はカンディードに言っていた。

「どうです、この賭けの半分はもういただきましたよ」

ジロフレー修道士は食堂に残り、昼食を待ちながら一杯やっていた。

「しかし」とカンディードはパケットに言った。「さっき広場で出会ったとき、きみはあんなに朗らかに、あんなに嬉しそうにしていたじゃないか。歌を歌っていたし、ごく自然な感じの愛想のよさを見せて、テアティノ修道会士を愛撫していた。今きみは不幸せだと言い募っているけれど、さっきはそれに負けないくらい、幸せそうに見えたよ」

「ああ！　それもまた」とパケットは答えた。「この商売の惨めなところなんです。あたしは昨日、士官にものを盗られ、その上殴られました。それでも今日は、修道士に気に入られるように上機嫌を装わなくちゃならないんです」

カンディードはそれ以上は求めなかった。マルティンの言い分が正しいことを認めた。二人はパケットおよび修道士とともにテーブルについた。食事はなかなか楽しかった。食べ終わる頃には、互いに気を許して語り合った。

「神父さん」カンディードが言った。「お見受けしたところ、あなたは誰もが羨むような幸運に恵まれておられますね。お顔に健康さがみなぎっているし、いかにも幸福そうな表情をしておられる。その上、憂さ晴らしがしたければ、たいへんな美人が相手をしてくれる。さぞかし、テアティノ会の修道士というご身分に満足しておられるでしょうね」

「いや、とんでもない」とジロフレー修道士は否定した。「私はね、テアティノ会士なんか全員海の底に沈んでしまえばいいと思っていますよ。これまでに百回ほども、修道院に火を放とう、自分は飛び出してイスラム教に改宗しようと思ったくらいです。十五歳のとき、両親に無理やりこの忌々(いまいま)しい衣を着させられたのです。私には神さまによって罰せられているクソ兄貴がいるのですが、その兄貴により多くの財産を残してやろうというのが両親の意図です。妬み、不和、憤怒が、修道院には棲み着いています。たしかに私も何回かつまらない説教をして、いくばくかの金を手に入れたことはあります。しかし半分は修道院長に巻き上げられるのです。残りの金で女を数人囲ってはいます。けれども、夕方修道院に戻ると、共同寝室の石の壁にこの頭をぶつけて割ってしまいたい気分になるのです。私の修道士仲間は皆同じような心境を抱いていますね」

マルティンが、いつもどおりの冷静さでカンディードの方を振り向く。

「どうです！　賭けは私の完勝じゃありませんかな？」

カンディードは二千ピアストルをパケットに、千ピアストルをジロフレーに与えた。そしてマルティンに言った。

「お言葉を返すようですがね、これでもって二人は幸せになりますよ」

マルティンはあくまで冷静だ。

「私はそんなことは全然信じられない。その金で、あなたは二人を今以上に不幸にするかもしれませんよ」

「それはもう、なれるようになってもらうまでのこと。でも、ここに一つ、慰められることがあります。もう絶対に会えないと思っていた人としばしば再会するってことです。赤の羊とも、パケットともめぐり会えたのだから、ぼくがキュネゴンドとまためぐり会うこともあり得るでしょう」

「彼女がいつの日かあなたを幸福にするよう、私は願っていますよ」マルティンは言った。「しかし同時に、そのことを深く疑わざるを得ないのです」

「厳しい見方だなぁ」

「いろいろと経験してきましたからね」

「でも、あのゴンドラの船頭たちをご覧なさいよ」カンディードが言った。「どんなときも唄ってるじゃないですか」

「ふむ、しかし今ここで、彼らが家で女房子供と一緒にいるところが見えているわけではない」とマルティンは指摘する。「ヴェネチア共和国の総督に気苦労があるように、船頭たちにもそれはあるはず。たしかに、すべてを勘案すれば、船頭の境遇のほうが総督のそれよりはましです。けれども私が思うには、その違いは取るに足らず、検討してみるほどのものではありません」

カンディードが言った。「噂によれば、元老院議員のポコクランテ〔イタリア語で「物事を気にかけない者」という意味〕という人がブレンタ川のほとりの豪邸に住んでいて、外国人をずいぶんよくもてなしてくれるそうです。世間では、未だかつて一度も気苦労を覚えたことのない人物だと言っているのですよ」

マルティンが言う。「そんな珍しい人種なら、お目にかかりたいものです」

カンディードはすぐさまポコクランテ閣下のもとへ人を走らせ、明日お目通りを叶えていただけないだろうかと申し入れた。

第25章 ヴェネチア貴族、ポコクランテ閣下邸への訪問

カンディードとマルティンはゴンドラに乗り込んでブレンタ川の方へと向かい、まもなく貴族ポコクランテの豪邸に到着した。庭園が見事に設(しつら)えられ、美しい大理石の彫像で飾られていた。邸宅自体、立派な建造物である。この邸の主人は当年とって六十歳の大富豪だ。好奇心旺盛な二人をすこぶる丁重に迎え入れてくれたが、どう見ても気乗りしている様子はなかった。そんな態度にカンディードは面食らったが、マルティンは平気で、むしろ好感を抱いたほどだった。

まず、入念に身なりを整えた容姿端麗な二人の娘がココアを出し、とても上手に泡立ててくれた。カンディードはつい、なんて美しくて、しとやかで、手際(てぎわ)がいいのだろうと、彼女たちのことを褒めそやさずにはいられなかった。すると、元老院議員ポコクランテが言った。

「ふむ、まずまずの娘たちです。ときどきは私のベッドに入らせるのです。なにしろ、この町のご婦人方にはうんざりですからな。あのご婦人方ときたら、妙に媚びたり、嫉妬したり、諍(いさか)いに走ったりで、すぐ不機嫌になるし、料簡が狭くて、高慢で、かつ愚劣で、しかも、お付き合いしていただくには十四行詩(ソネット)を自分で作るか、人に注文するかして、とにかく献呈しなければならんというのだから、愛想が尽きる。とはいえ、あの二人の娘にも、そろそろ飽きてきました」

カンディードは朝食のあと、長い回廊を歩いていて、そこに掛けられている絵(タブロー)の美しいことに驚いた。で、いちばん手前の二枚について、どんな巨匠の手になったものかと訊ねた。

「ラファエロです」と元老院議員は答えた。「二、三年前、つい見栄を張りましてね、ずいぶんな高値で買ったのです。人にいわせると、これこそはイタリアで最も美しい絵だというのですがね、私はまったく気に入っていない。全体に色が暗すぎるし、人物像に丸味が足りず、ぐっと浮かび上がってくるような感じに欠ける。衣装のひだの表現がこれでは、どう眺めても布のようには見えない。要するに、誰が何と言おうと、この絵に私は自然の真の模倣を見出すことができんのです。私は自然そのものを眼前にしているように感じられないかぎり、どんな絵も好きになれない。ところが、そんな感じを与えてくれる絵にはお目にかかったことがない。たくさんの絵を所有しているのだが、もう見ないことにしています」

ポコクランテは、昼食を待つ間に合奏曲を演奏させた。カンディードはその音楽に聴き惚れた。が、ポコクランテは言った。

「この物音も、半時間なら楽しく聴けるかもしれません。しかし、それ以上続くと、皆うんざりしてしまう。どなたもあえて口に出してそうおっしゃりはしませんけれどもね。最近の音楽は、もっぱら難しい演奏をやってのける術ですな。ところが、ただ難しいだけのものというのは、一時的にウケたとしても、長きにわたって人気を博することはないのです。

おそらく本来はオペラのほうが私の好みに合っているのですが、オペラの世界では、何が嬉しいのか、得々として変てこなものを作り出す。ああいうものは真っ平です。まあ、観たいと思う者は観に行くがよろしい。出来の悪い悲劇に曲をつけているだけの代物でしてね。ひとえに女優の声を売り物にせんがため、場面という場面にばかばかしい歌を無理やり二曲、三曲と挿入するのです。そうかと思えば、去勢された男性歌手が古代ローマの政治家、小カトー〔前九五〜前四六年〕やカエサルに扮して歌を口ずさみ、舞台の上をぎごちなく歩き回る。あんなものを前にして夢見心地になりたい者は、いや夢見心地になれるような御仁は、勝手にそうすればいいのだ。私はといえば、とうの昔にあんなくだらぬものとは縁を切りました。ところが皮肉なことに、ああいうものが今日イタリアの名声を成し、ヨーロッパの君主たちに大枚をはたかせているのです」

カンディードはいささか反論したが、控え目だった。マルティンは元老院議員の所見に文句なしの賛成だった。

一同、テーブルについた。そして、素晴らしい昼食ののち、書斎に入った。カンディードは立派に装幀されたホメロス〔紀元前八世紀末ギリシャの叙事詩人〕の本を見て、いとも高名なる貴族ポコクランテの趣味のよさを称賛した。

「これこそ、ドイツ随一の哲學者であったあの偉大なパングロスの愛読書だった本です」

「私の愛読書ではありませんよ」ポコクランテは冷ややかに言った。「かつては人に言い含められて、これを読んで自分は喜びを覚えているのだと思い込んだこともありました。しかし、冷静に読み直してみれば、代わり映えのしない戦闘場面が延々繰り返されているばかりです。いつも神々が出てくるが、それでいて何ひとつ決め手になることはやらない。戦争が起こるのは美女ヘレネをめぐってなのに、そのヘレネ本人はこれといった役を演じない。トロイアの町を攻囲はするが、いっこうに奪取しない。どこからどう見ても、私には死ぬほど退屈なのです。で、学者を摑まえて何度か訊ねてみたことがあります。この本を読むと、私と同じくらい退屈するのじゃないかとね。正直な連中は皆、読んでいると眠気を催して本を取り落とすくらいだと白状しましたよ。ただ、なにしろ古代の記念物であり、錆びてしまって取引きには使えなくなったメダルのようなものなので、どうでも蔵書の中に加えておかなければならないのだ、というのですね」

　カンディードは言った。

「ウェルギリウス〔古代ローマの詩人。前七〇〜前一九年〕についてなら、閣下もそうはお考えにならないでしょう？」

「確かに」とポコクランテは応じた。「彼の『アエネーイス』〔アエネアースによるローマ建国を謳う叙事詩〕の第二巻、第四巻、第六巻は素晴らしい。それは私も認めます。しかし、あの敬虔なアエネアース、堅固なクロアントス、友人アカーテス、息子アスカニウス、実は愚か者である王のラティーヌス、町家の女アマータ、面白みのないラーウィーニアといった人物像を並べてみると、これくらい熱に欠ける、不愉快なものもあるまいと思う。私はむしろタッソ〔イタリアの詩人、一五四四〜九五年〕の詩や、アリオスト〔イタリアの詩人、一四七四〜一五三三年〕のでたらめな話のほうを選びます」

「あえて伺うのですが、閣下もホラティウス〔古代ローマの諷刺詩人、前六五〜前八年〕ならば、読んで大いに楽しまれるのではないですか」

「ホラティウスの著作には、世俗の人間が教訓にすることのできる格言が含まれていますな。しかもそれが力強い詩句に凝縮されているので、記憶に刻み込まれやすい。しかし、彼のブリンディシ〔アドリア海に面する南イタリアの町〕紀行だの、不味い食事の描写だの、『膿だらけの』言葉を発するプピリウスとかいう人物と、『酢と化した』言葉を吐き散らす相手の男との間の粗野な口論だのには、私はとんと興味が持てない。老婆や魔女をやり玉に挙げる下品な詩など、読んで反吐が出ました。それに、友人のマエケナス〔アウグストゥス帝の大臣で、芸術家に対する気前のよさで知られていた。前七〇〜前八年〕を摑まえて、自分を抒情詩人の列に加えてくれれば、この崇高な額で星をも打ってみせる、などと言うことに、いったいどんな手柄があるというのか。馬鹿な連中は、評判の作家のものなら何でも見境なく讃美する。私が本を読むのは、もっぱら自分のためです。自分にとって用のないものを崇(あが)める気にはなりません」

　カンディードは何ひとつ自分自身では判断しないように育てられただけに、こうして耳にする話にひどく驚いた。その横でマルティンは、ポコクランテの考え方をなかなか尤(もっと)もだと思いつつ聞いていたのだった。

「おや！　ここにキケロ〔古代ローマの雄弁家、前一〇六～前四三年〕がありますね」カンディードが言った。「この偉人の本なら、さすがの閣下も読み飽きはなさらぬでしょう」

「いや、その本はまったく読みません」とヴェネチア人は答えた。「キケロがラビリウスのために弁じようが、クルエンティウスのために弁じようが、私にはどうでもよいことだ。ただでさえ私は、自分で裁かねばならぬ訴訟をいやというほど抱えておるのですからな。同じキケロでも哲学的な著作のほうが私には相性がよさそうなのですが、しかし、キケロがすべてに懐疑的であることが分かってしまうと、そういうことには自分も彼に劣らぬくらい通じているのだし、無知になるためなら人の助けは要らないという結論に達しました」

「あっ！　あそこに科学アカデミー論文集全八十巻が揃っていますね」マルティンが声を上げた。「あの中にはよいものがあるかもしれません」

「ふむ、よいものがあると言えるとすれば」とポコクランテは応じた。「それは、あのがらくたの山の著者どものうちに、留め針の製法だけでも発明した者が一人でもいる場合です。ところが、あれらの書物のどこを探しても、出会うのは空疎なくせにご大層な体系（システム）ばかりで、一つとしてものの役に立つものはないのです」

「戯曲もたくさんありますねえ」カンディードが言った。「イタリア語のも、スペイン語のも、フランス語のもある！」

「ええ」と元老院議員。「三千冊あります。それでいて、出来のよいのは三ダースもないですよ。この説教集も同じです。全部合わせても、その値打ちはセネカ〔古代ローマの哲学者、紀元前四年〜後六五年〕の一ページにも及ばない。あそこに並んでいる分厚い本は神学書ですがね、私は開いてもみない。いや、私に限らず、誰も首を突っ込みはしません」

マルティンが、イギリスの本のぎっしり詰まった棚に目をとめた。

「共和主義者にとっては、あれほど自由に書かれた著作なら大部分が好ましいはずだと思うのですが、如何ですか」

「そのとおりです」ポコクランテは頷(うなず)いた。「自分の思っていることを書くのはすばらしいことだ。それこそ人間の特権である。翻(ひるがえ)って我がイタリアの全土では、誰もが自分の思ってもいないことばかり書いておる。かの英雄カエサル〔前一〇〇〜前四四年〕や名皇帝アントニヌス・ピウス〔八六〜一六一年〕の祖国に暮らしているくせに、宗教裁判を引っ張る聖ドミニコ会が怖くて、あそこの修道士の許しなしには自分の考えを持つということすら敢(あ)えてできないでいるのです。私はイギリスの偉才たちの執筆意欲を刺戟する自由を、本来なら喜ぶのですよ。ただ、残念なことに彼の地でも、人間の情念や党派心がその貴重な自由の持ついい点をすべて腐敗させてしまっている……」

カンディードはミルトン〔『失楽園』を書いたイギリスの詩人、一六〇八〜七四年〕の一冊があるのに気づき、この作者を偉人と思わないかと訊ねた。

「誰ですと？」ポコクランテは聞き返した。「ごつごつした詩句を並べた十巻本でもって、『創世記』の第一章に長ったらしい注釈を加えているあの野蛮人のことかね？あの男ときたら、古代ギリシャ人を下手に真似て天地創造を歪め、モーセは言葉によって世界を生み出す至高存在を提示したのに、なんと救世主(メシア)に天空の収納箱から大きなコンパスを取り出させ、製作物の設計をさせるのですぞ。タッソの地獄と悪魔を改悪し、魔王をあるときはヒキガエルに、あるときは小人に変化させる輩、その魔王に同じ講釈を百回も繰り返させる輩、あまつさえ神学論争をさせる輩、アリオストが冗談に火器を発明したのを大まじめに模倣し、悪魔たちに天空に向かって大砲を発射させる輩、この私がそんな輩を評価しているか、ですと？　私であれ誰であれ、このイタリアには、あんな陰気臭くも突飛なものの寄せ集めを喜ぶ者などいようはずがない。罪と死の結婚だの、そして罪が産み落とす蛇だの、多少とも繊細な趣味の持ち主ならあんなものには例外なく吐き気を催しますよ。それに、延々と続く施療院の描写など、墓掘り人夫ででもなければ読めたものではない。あのわけの分からない、奇妙で、しかも胸くその悪くなる詩篇は、出版された当時は侮蔑されたものです。私は今日、あれが母国で当時の同時代人に遇されたように遇しているのです。尤もね、私は自分の見解を述べているまでであって、他の人にまで自分と見解を同じくしてほしいなどとは少しも思っておらぬ」

カンディードはこういった話にがっかりした。彼はホメロスを尊敬していたし、ミルトンも少しは好きだったから。

「やれやれ」彼はマルティンに小声で言った。「心配で聞き出せないが、この人、我がドイツの詩人たちについては極度の軽蔑しか抱いていないのではないかなあ」

「だとしても、別に大した問題じゃないでしょう」

「それにしても、なんてすごい人なんだろう！」カンディードはまだ口の中でむにゃむにゃ言っていた。「このポコクランテという人は、なんと偉大な天才なんだろう！この人には、一つとしてお気に召すものがないのだ……」

　こうしてすべての書物をひととおり見渡したのち、彼らは庭園に下りていった。カンディードは庭園の美しさのすべてを褒めそやした。ところが豪邸の主人はこう言った。

「こんな悪趣味なものはないですよ。ここにあるのは、ちまちまとした飾りばかりです。しかし明日にもね、もっと高尚なデザインのものを設(しつら)えさせます」

　物好きな男二人が、元老院議員閣下に別れを告げた。

「さて、どうです？」カンディードがマルティンに問うた。「あの人こそ誰よりも幸せな人だってこと、あなたも認めるでしょう。なにしろあの人は、あれだけのものを所有していながら、あのすべてに超然としているのですからね」

「気づかなかったのですか」とマルティンは言った。「彼は自分の所有物が何もかも嫌になっているんです。昔、プラトン〔古代ギリシャの哲学者、前四二七〜前三四七年〕が言いましたよ。最もよい胃袋は、すべての食べ物をはねつける胃袋ではないとね」

「しかし」カンディードが言う。「あらゆるものを徹底的に批判して、皆が美しいと信じているものの中に欠点を見抜いていくのは、気分よくはないですか？」

「ふむ、素朴に喜ばないことに、かえって喜びがあるとでも？」

「まあ、いいです」カンディードは言った。「とにかくぼくは幸せになれるんです。キュネゴンド姫に再会すればね」

マルティンも応じた。「希望を持つのは、いつだって結構なことではある」

しかしながら、何日も、何週間も過ぎていく。カカンボは戻ってこない。で、カンディードはすっかり悲しみに打ち沈み、パケットとジロフレー修道士がひと言の御礼も言いに来ないことを訝（いぶか）しく感じさえしなかった。

第26章

カンディードとマルティンが六人の外国人と共にした夕食について、及びその六人が誰であったかということ

ある日の夕刻、カンディードはマルティンをともない、同じホテルに泊まっている外国人たちと食卓につこうとしていた。煤色の顔をしたひとりの男が背後から近づき、彼の腕を取ってこう言った。

「われわれと一緒に出発する用意をしておいてください。きっとですよ」

カンディードが振り向く。カカンボがそこに立っている。キュネゴンドの姿を目にすることを別にすれば、カンディードにとってこれ以上の驚きと喜びはなかった。彼はうれしくて我を忘れんばかりになった。懐かしい友をかき抱く。

「キュネゴンドもこの町に来ているのだよね。今どこにいるのだ？　彼女のところへ連れて行ってくれ。ああ、彼女に会えるなら、うれしさのあまりに死んだってかまわ

ない」

「キュネゴンド姫はこの町には来ていません」とカカンボは言った。「コンスタンチノープルにいるんです」

「なんと、コンスタンチノープルだと！　しかし中国までだって、ぼくは飛んでいくぞ。さあ、ここを発とう」

「発つのは晩餐のあとです」カカンボが言葉を継いだ。「今、これ以上の話はできません。わたしは奴隷の身でしてね、主人が待っています。テーブルで給仕をせにゃならんのです。よろしいか、もう何もおっしゃいますな。まずは夕食を召し上がって、それから旅の支度をしておいてください」

カンディードは喜びと悲しみの間で心乱れ、忠実な部下にふたたび会えたことを喜ぶそばから、その部下が今では奴隷の身だということに驚き、恋人に再会することを思っては胸がいっぱいになり、心昂ぶり、精神も動転するというありさまではあったが、その様子の一部始終を冷静に見ているマルティンや、謝肉祭を過ごしにヴェネチアへやって来ていた六人の外国人たちと共に食卓についた。

カカンボはそれら外国人のうちの一人に酒を注いでいたが、食事が終わりにさしかかると、主人の耳元に近づいた。

「陛下、畏れ多くも陛下はいつでもお望みのときにお発ちになれます。船の用意ができております」

こう言い終えると、カカンボは食堂から出ていった。会食者たちが驚き、ひと言も言葉を発することなく互いに顔を見合わせていると、また別の召使いが彼の主人に近づいて言った。

「陛下、畏れ多くも陛下の四輪馬車がパドヴァ〔ヴェネチアの西約四十キロに所在する町〕のほうで待機しております。ブレンタ川を上るための小舟も支度ができております」

主人が頷（うなず）いた。すると召使いは食堂から出ていった。会食者一同がまたもや互いに顔を見合わせ、これはまた意外なことだという共通の思いが倍加した。三人目の召使いもまた、三人目の外国人客に近づいた。

「陛下、畏れ多くも申し上げますが、陛下はもはやこれ以上長くここにおられてはいけません。わたしがこれから万事、用意を整えますゆえ……」

そしてたちまち、召使いは姿を消した。

カンディードとマルティンはこの時、こうした成り行きを謝肉祭に付きものの仮装芝居と信じて疑わなかった。四人目の召使いが四人目の主人に言った。

「畏れ多くも陛下はいつでもお望みのときにお発ちになれます」

そして、他の召使いと同じように退室していった。五人目の召使いも、五人目の主人に同様のことを言った。しかし、六人目の召使いが、カンディードのすぐそばに坐っていた六人目の主人に話したことは違っていた。彼はこう言ったのだ。

「ああ、畏れ多くも陛下、もはや人びとは陛下のことも、このわたしのことも、信用する気をなくしてしまいました。われわれ、つまり陛下とわたしは、今晩中にも投獄されかねません。今後わたしは自分のことに専念させていただきたく、さらばでござる」

召使いが全員いなくなると、六人の外国人とカンディードとマルティンは深い沈黙に沈み込んだ。ようやく、カンディードが沈黙を破った。

「皆さん、なかなか風変わりな冗談ですね。皆さん方全員が揃いも揃って王さまでいらっしゃるとは、どうしたことでしょう？　正直に断っておきますが、私もマルティンも王さまじゃありませんよ」

カカンボの主人がおもむろに口を開き、イタリア語で言った。

「私は冗談など好まない。私の名はアフメット三世〔在位一七〇三～三〇年のトルコ皇帝〕。かつては何年もの間、トルコの大皇帝であった。私は兄の皇位を奪ったのだが、甥によってその皇位を奪い返された。私の大臣たちは首を刎(は)ねられてしまった。私は旧い後宮で余生を送っておる。甥のマフムト大皇帝も、ときどきは健康のための旅行を許してくれる。というわけで、謝肉祭を過ごしにヴェネチアへやって来たのです」

アフメットのそばにいた若い男が彼に続き、こう述べた。

「私の名はイヴァン〔在位一七四〇～四一年のロシア皇帝〕。ロシア全土の皇帝だったこともあります。生まれてすぐに皇帝になったが、まだ揺りかごにいる間に帝位を奪われたのです。父と母が幽閉されたので、私は牢獄で育てられた。ときどきは旅行する許可を得ています。毎度、私を見張る者たちがついて来るのですけれどもね。というわけで、謝肉祭を過ごしにヴェネチアへやって来たのです」

三人目が言った。

「何を隠そう、私はチャールズ＝エドワード〔チャールズ＝エドワード・ステュアート、一七二〇～八八年。四五年にイギリス王位の奪取に失敗し、以後イタリアで暮らした〕、本来のイギリス国王です。父から王国の統治権を譲られ、その統治権を主張して私は戦ったのです。私に味方した八百名が心臓をえぐり取られ、その心臓でもって頬を引っぱたかれました。私は投獄されました。目下、私や私の祖父と同様に王位を奪われた父王を訪ねるべく、ローマへ向かう途中です。というわけで、謝肉祭を過ごしにヴェネチアへやって来たのです」

　すると、四人目が口を開き、こう言った。

「私はポーランドの国王です。武運つたなく、先祖伝来の諸国を奪われました〔在位一七三三〜六三年のポーランド国王アウグスト三世は、ドイツのザクセン選帝侯としてはアウグスト二世であったが、一七五六年にザクセンを追われた〕。父も同じ辛酸をなめたのでした。今はもうこだわりを捨て、すべてを神の思し召しに委ねておる。その点、アフメット皇帝、イヴァン皇帝、チャールズ＝エドワード王――お三方には神が長寿をお与えになるであろう――と同じです。というわけで、謝肉祭を過ごしにヴェネチアへやって来たのです」

　五人目が言った。

「私もまた、ポーランドの国王です。私は王国を二度にわたって失いました〔スタニスラフ一世は一七〇四年と一七三三年に国王に選ばれたが、二度とも早々にその地位を追われた〕。しかし、神の思し召しにより別の国を授かり、その国で、ポーランドの歴代国王がかのビスラ川〔ポーランドの首都ワルシャワを流れる川〕の畔でなし得たことのすべてを合わせても及ばぬほどのことを実現しましたぞ。私もこだわりを捨て、すべてを神の思し召しに委ねておる。というわけで、謝肉祭を過ごしにヴェネチアへやって来たのです」

残るは六人目の君主の話だけだった。

「諸兄」と彼は切り出した。「私はあなた方のような大国の王ではない。とはいえ、国王であったという事実に変わりはござらぬ。私はテオドールです。コルシカで王に選ばれ、陛下と呼ばれたこともあったのですが、今では辛うじて『さん』付けされる程度です〔ドイツ出身のノイホーフ男爵は、ジェノヴァに反抗するコルシカを助け、一七三六年にコルシカ王テオドール一世となったが、その後廃位に追い込まれた〕。以前は貨幣を鋳造させていました。今では、コイン一枚持ち合わせない。以前は閣僚を二人抱えていました。今では、召使いが一人いるかいないかの身の上です。以前は玉座を占めていました。ところがその後長いこと、ロンドンの監獄の藁敷きの上で寝起きしました。実は、当地でも同じように扱われるのではないかと恐れています。私は陛下の皆さんと同様、ただ謝肉祭を過ごすためだけにヴェネチアへやって来たのですけれども」

他の五人の王さまは貴人らしい同情を示しつつ、この話に耳を傾けた。めいめいが二十ゼッキーノ〔ゼッキーノは一二八四年にヴェネチアで製造され、イタリアや中近東で流通した金貨。別名ドゥカート〕をテオドール王に渡し、服や下着を整えることができるように計らった。カンディードは、二千ゼッキーノの値打ちがあるダイヤモンド一粒をプレゼントした。

「いったい何者なのか」と五人の王さまはつぶやいたものだ。「特別な身分でもないのに、われわれ一人ひとりの百倍も拠出できる資金力があって、しかもそれを実際にぽんと出すとは」

一同がテーブルを離れようとしていたとき、同じホテルに四名の王族殿下が到着した。これまた武運つたなく所領を失い、謝肉祭の残りの日々を過ごしにヴェネチアへやって来たのであった。しかしカンディードは、それら新来の客には何の注意も払わなかった。彼の頭には、コンスタンチノープルへ行っていとしいキュネゴンドに再会することしかないのだった。

第27章

カンディード、コンスタンチノープルへ旅立つ

これより先、忠実なカカンボがすでに、トルコの元皇帝アフメットをコンスタンチノープルへ送り届ける役目のトルコ人船長と交渉し、カンディードとマルティンを乗船させてくれるという約束を取りつけていた。で、カンディードとマルティンは、みじめな皇帝陛下の御前にひれ伏したのち、船へと向かった。道すがら、カンディードがマルティンに言う。

「それにしても、ぼくたちが夕食を共にした相手が、王位を奪われた王さまばかり六人とはね！　しかもその六人のうちの一人に、ぼくは施しまでしました。もしかすると、もっともっと不幸な君主がほかに大勢いるのかもしれない。それにひきかえ、ぼくは羊を百頭失っただけで、今はキュネゴンドの腕の中へ飛んでいこうとしています。マルティンさん、くどいようだけど、パングロスの言っていたとおりです。すべては

善なり！」

「そう願いたいものです」とだけ、マルティンは言った。

「とにかく」とカンディードは続けた。「ヴェネチアでは、ちょっと信じられないようなことに出くわしたと言えますよ。王位を奪われた王さまが六名、安宿で一堂に会して夕食をとるなんて、あそこに居合わせるまで、見たこともなければ、話に聞いたこともなかった」

マルティンは首肯しない。

「あんなこと、これまで私たちの身に起こったことが大概そうであるようにね、格別驚くには当たりませんよ。国王が王位を追われるのは少しも珍しくない。そして、あの王さまたちと夕食を共にした光栄なんて、くだらぬことです。とりたてて顧みる価値などありはしない」

船に乗り込むやいなや、カンディードは自分の元の下僕で、友でもあるカカンボの首根っこに飛びついた。

「やあ、カカンボ。キュネゴンドはどうしてる？　相変わらず絶世の美女なのだろうね？　今もぼくを愛してくれているかな？　元気にしているのかい？　おまえはきっと、コンスタンチノープルに豪邸を買ってやってくれたのだろうね」

「実はね、旦那」とカカンボは答えた。「キュネゴンドさまはプロポンティス海〔黒海とエーゲ海を結ぶマルマラ海の旧称〕の岸辺で皿洗いをなさっているんです。それも、洗うべき皿もろくに持っていないような大公の館(やかた)でね。あの辺りに、ラーコーツィという名前の元君主〔トランシルヴェニア公。ハンガリー王としてオーストリア皇帝に刃向かって敗れ、一七一九年にトルコに亡命した〕が隠れるようにして暮らし、トルコ皇帝から毎日三エキュを恵んでもらっていましてね、キュネゴンドさまはそこの奴隷なんです。それにもまして悲しいことに、あの方は今ではすっかり色香を失い、おぞましいほど醜くおなりです」

「そうなのか！　しかし、あの人が美しかろうが醜かろうが」とカンディードは言った。「ぼくは誠意をもって接するよ。ぼくの義務は彼女を常に変わらず愛することだ。だが、彼女がそんなひどい境遇に落ちるなんて、どうしてそんなことがあり得たのか？　おまえは五、六百万もの大金を持っていったではないか」

「まあ、そうお思いになるのも無理はない。でもね、旦那、まずはキュネゴンドさまを自由の身にするために、あの『ブエノスアイレスのイバラア及びフィゲオラ及びマスカレネス及びランポルド及びソウサのセニョール・ドン・フェルナンド』という、長ったらしい名前の総督に二百万払わにゃならなんだのです。ようやくそれを済ませたと思ったら、次には海賊に襲われて、残りの金を見事にぜーんぶ巻き上げられました。おまけにその海賊ときたら、わたしらを東地中海のマタパン岬へ、ミロス島へ、イカリア島へ、サモス島へ、ペトラへ、ダーダネルス海峡へ、マルマラ島へ、ユスキュダルへと連れ回しました。そんなこんなで今は、キュネゴンドさまと例の婆さんは先ほどお話しした大公の館で下働きの身分、そしてこのわたしも、皇位を奪われた元トルコ皇帝の下で奴隷となっている始末です」

「恐ろしいことばかり、次から次へと起こったのだねえ！」とカンディード。「しかし、何はともあれぼくの懐に、ダイヤモンドがまだ幾粒かは残っているからね。キュネゴンドを解放するのは容易(たやす)いことさ。彼女がそんなに醜くなったとは、かえすがえすも残念至極だが」

それから、彼はマルティンの方へ向き直った。

「これを聞いてどう思います？　アフメット皇帝、イヴァン皇帝、チャールズ＝エドワード王、そしてこのぼくのうちで、いちばん可哀相なのは誰でしょう？」

「そんなこと、私にはわからない。あなたがた一人ひとりの心の中にまで入り込めるわけではないのですから」

「ああ！」とカンディードが嘆く。「もしここにパングロスがいたら、そういうこともちゃんと知っていて、ぼくたちに教えてくれるだろうになあ」

これに対して、マルティンは次のように言った。

「さあ、どうですかね。あなたのパングロス先生がいったいどんな秤（はかり）で、人びとの不幸の度合いを量ったり、人びとの苦しみの大きさを評価したりできるのか、見当がつきません。私が知らないまでも推し量れること、それはこの地上に、チャールズ＝エドワード王、イヴァン皇帝、アフメット皇帝などの百倍もかわいそうな人たちが何百万人もいるということだけです」

「うむ、それはそうかもしれない……」カンディードはつぶやいた。

わずかな日数で黒海の海峡にまで着いた。カンディードはまず、巨額の身代金を払ってカカンボを自由の身にした。その上で時を移さず、仲間とともにガレー船に乗り込んだ。目指すはプロポンティス海の岸辺。キュネゴンドがどれほど醜くなり果てていようとも、彼女を迎えに行かずになるものか。

ガレー船を漕ぐ徒刑囚たちのなかに、目立って漕ぎ方の下手な囚人が二人いて、どうやらあの評判のよくない地中海東岸レヴァント地方の出身者らしき船長が、ときどきその二人のむき出しの肩めがけて二回、三回と鞭をふるっていた。カンディードは自然な心の動きから、大勢いる徒刑囚のなかでも特にその二人に注目し、哀れを覚えて彼らに近づいた。彼らの顔立ちはすでにぐしゃぐしゃになっていて、明らかに生来のものからかけ離れていたが、そこにはどこかあのパングロスに、また、キュネゴンド姫の兄に当たるあの男爵、あの哀れなイエズス会神父に似ているところがあるように思えた。そう思うと、カンディードはほろりとし、悲しくなった。彼はいっそう目を凝らし、二人の囚人をまじまじと見た。

「本当に」と彼はカカンボに言った。「もしパングロス先生が絞首刑になるのをこの目で見たのでなかったら、もしこの手で不幸にも男爵を差し殺したのでなかったら、ほかでもないあの二人がこのガレー船を漕いでいると思うところだよ」

男爵とパングロスという名を耳にして、二人の徒刑囚は大声を上げ、腰掛けの上で動かなくなり、握っていたオールをも取り落とした。レヴァント出身の船長が走ってきて、ふだんに倍する力で鞭をふるった。

「待って！　待ってください、船長！」カンディードが叫んだ。「お金ならいくらでも出すから」

「なんだ、カンディードじゃないか！」徒刑囚の一人が言った。

「なんだ、カンディードじゃないか！」もう一人の徒刑囚も言った。

「これは夢では？」とカンディード。「ぼくはちゃんと目を覚ましているのか。ちゃんとガレー船に乗っているのか。ここにいるのは本当に、ぼくが殺したあの男爵殿なのか。絞首刑になるところをぼくがこの目で見たあのパングロス先生なのか」

「そうだとも、われわれだ。間違いなくわれわれだ」二人の徒刑囚が言っている。

「なんとまあ、その人が例の偉大な哲學者なのですか」とマルティンが言う。

「さあ、レヴァント地方出身の船長殿」とカンディードが訊ねた。「我が帝国屈指の男爵であるトゥンダー゠テン゠トゥロンクさまと、ドイツ随一の深遠なる形而上學者パングロス先生の身代金として、どれほどの金子をお望みかな？」

「キリスト教の畜生め」とレヴァント出身の船長は応じた。「キリスト教信心のこの二匹の徒刑囚が男爵だの形而上學者だのというからには、国ではきっと大した身分なんだろうな。よし、ゼッキーノ〔当時ヴェネチアで通用していた通貨。前注参照〕で五万よこせ」

「よろしい、それだけ差し上げる。稲妻の速さで私をコンスタンチノープルへ連れて行ってくれたまえ。向こうへ着き次第、ただちに支払いをするから」

こう言ったあとでカンディードは、「いや、むしろ、まずキュネゴンド姫の所へ行ってほしい」などと前言を翻したが、時すでに遅し、レヴァント出身の船長はカンディードの初めの申し出を聞くが早いか、すでに船首をコンスタンチノープルの方へ向け、鳥が大空を一直線に飛んでいくのよりも早く船を漕がせていた。

カンディードは男爵とパングロスを何度も、何度も、何度も抱擁した。

「ねえ、ぼくの親愛なる男爵、あなたはぼくに殺されたはずなのに、どうしてここにいるんですか。ぼくの親愛なるパングロス先生、絞首刑になったあなたが今も生きておられるとはどうしたわけですか。それに、いったいどうしてお二人ともトルコで、ガレー船を漕ぐ刑なんかを科せられたのですか」

男爵が言う。「私の可愛い妹がこの国にいるというのは本当なのかね」

カカンボが答える。「ええ、そうですとも」

パングロスが大声を張り上げる。「かくして、我が親愛なるカンディードにまためぐり会えたわけである」

カンディードが二人にマルティンとカカンボを紹介する。彼らは皆互いに抱擁を交わす。皆が同時に、口々に話し出す。ガレー船は飛ぶように進む。早くも港に入っている。

ユダヤ人が一人呼ばれてやって来た。カンディードはこのユダヤ人に、十万ゼッキーノの値打ちのあるダイヤモンドを五万ゼッキーノで売った。相手が、アブラハムに誓ってそれ以上は出せないと言ったのである。カンディードはただちに男爵とパングロスの身代金を払った。パングロスは、自分を解放してくれた恩人の前に身を投げ出し、その足を涙で濡らした。もう一人のほうは、ちょいと頷(うなず)いて謝意を示し、金は都合がつき次第返すと約束した。

「それにしても、私の妹がトルコにいるなどということ、実際にあり得るのかね」

「そりゃもう十分にあり得ることなのですよ。なにしろ、トランシルヴェニアの大公のところで皿洗いをなさっているのでね」

さっそく、ユダヤ人が二人呼ばれてやって来た。カンディードがまたしてもダイヤモンドを売り払った。一同、別のガレー船に乗り込み、キュネゴンドを救出すべく、ふたたび港を発った。

第28章　カンディード、キュネゴンド、パングロス、マルティン等の身に起こったこと

「改めて、お詫びします」とカンディードは男爵に言った。「御身を貫かんばかりに剣を突き立てましたこと、神父さま、どうかお赦しください」

「その話はもう終わりにしようじゃないか」男爵は言った。「あの折は私も頭に血が上ってね、いささか言い過ぎた。ところで、いったいどうした偶然からガレー船で私と出くわすことになったのかを知りたいとのことだから、その話をしよう。まず、私の傷は、教団の薬剤担当修道士の手当てで癒えた。だが、その後まもなくスペイン兵の一団に攻撃され、捕虜にされた。ブエノスアイレスの牢獄にぶち込まれたのが、ちょうど妹があの町を去った直後だった。私はローマの修道会総長の元へ帰らせてくれないかと頼んだ。すると、コンスタンチノープルでフランス大使の御用司祭を務める

よう任命された。さて、その職に就いて一週間もしない頃だ。夕暮れ時に、宮廷付きの若い官吏に出会ったのだが、これが非常に姿のいい若者だった。ひどく暑い日でね、その若者が入浴したいというので、私も付き合うことにした。キリスト教徒が若いイスラム教徒と丸裸でいるところを見つかったら、大罪で極刑にも処せられかねないとは知らなかったのだ。あの国の裁判官の命令で、私は足の裏を堅い板で百回も叩かれた。それからガレー船を漕がされることになった。思うに、あれほどひどい不正はかつてあったためしがないだろうな。それはそうと、なぜ我が妹が、トルコに亡命したトランシルヴェニアの君主の調理場なんぞにいるのかな、そのわけを知りたい」

「それにしても、パングロス先生」とカンディードが呼びかけた。「どうしてまた先生にお目にかかれることになったのでしょう？」

「確かに」とパングロスは言った。「きみは私が絞首刑になるところを見た。本来なら私は火炙り（ひあぶ）りにされるはずだったが、きみも憶えているだろう、連中がいよいよ私を焼こうとしていたとき、土砂降りの雨になった。土砂降りも土砂降り、ものすごい雷雨だったので、点火は断念された。他に手立てがないというので、私は絞首刑にされた。ある外科医が私の体を買い取り、自宅へ運び、解剖した。その医者はまず、臍（へそ）から鎖骨まで、私の体を十字切開した。どうやら私は、前例がないほど不手際なやり方で首を絞められたのであったらしい。聖なる異端審問所の死刑執行人は副助祭で、人を火炙り(ひあぶ)にする腕前は実にまったく見事なものだったが、人の首を吊すのには慣れていなかった。縄が濡れていて、うまく滑らなかった。途中で結び目ができてしまった。とにかく、私にはまだ息があったのだ。十字切開に耐えかねた私が大声を上げたものだから、外科医は仰向けにひっくり返った。そして、自分が解剖しているのは悪魔にちがいないと思い込み、恐怖のあまり命からがら逃げ出し、途中の階段でまたも転倒した。この物音を聞いた細君が隣の部屋から駆けつけた。テーブルの上には、十字切開されたままの私が寝かされている。外科医の妻は夫にもまして恐怖に襲われ、逃げ出し、転倒して夫の上に折り重なった。その二人がいくぶん正気を取り戻したときだ、妻が夫にこう言うのが聞こえた。

――あなた、いったい何だって異端者なんかを解剖する気になったの？　ああいう人たちの体にはいつも悪魔が潜んでいるってことを知らないの？　あたし、今すぐ神父さまを呼んできて。悪魔払いをしていただくわ。

この言葉を聞いて私はぞっとした。で、自分に残っていたわずかな力を振り絞って叫んだ。

――お慈悲を！

するとようやく、へぼ外科医が勇気を出した。私の皮膚を縫ってくれた。細君も、私を看護してくれた。二週間後、私は起き上がることができた。医者が職を探してきてくれ、私はヴェネチアへ行くマルタ騎士修道会の従者になった。しかしこの主人は給金を払うだけの金を持っていなかった。で、私はあるヴェネチア人商人に仕えることにし、供をしてコンスタンチノープルまでやって来た。

ある日、気まぐれにイスラム教の寺院に入ってみた。そこにいたのは年寄りの導師と、たいそう美しい、若い女性信者だけだった。女性の胸がすっかり露わに見えていた。女性は両の乳房の間に、チューリップ、薔薇、アネモネ、キンポウゲ、ヒヤシンス、サクラソウから成る綺麗な花束を抱えていた。彼女がその花束を落としたので、私が拾い上げ、たいへん恭しくも念入りな丁重さをもってそれを彼女に渡した。私が花束を女性に渡すのにたっぷり時間をかけていたところ、導師が立腹し、私がキリスト教徒だと気づくと、助けを呼んだ。私は裁判官のところへ連れて行かれた。裁判官の命令で、私は足の裏を堅い板で百回も叩かれた。それからガレー船に送り込まれた。

そして鎖に繋がれたのが、なんと男爵さまと同じ船の同じベンチだったのだ。あの船には、われわれのほかにもマルセイユの若者が四人、ナポリの司祭が五人、コルフ島の修道士が二人、鎖に繋がれておって、コンスタンチノープルで私に起こったような出来事は少しも珍しくない、毎日のように起こっていることだと教えてくれた。男爵さまに言わせれば、私よりもご自分のほうがより大きな不正の犠牲者なのだった。それに対して、素っ裸になって宮廷付きの若い官吏と一緒にいることに比べれば、女性の胸の谷間に花束を戻すことなどささいなことでしょう、というのが私の主張だった。私たちがひっきりなしに議論をし、そのため毎日二十回鞭で打たれていたところへ、この世界の出来事がすべて連鎖しているおかげで、きみたちがあのガレー船に乗り合わせ、身代金を払ってわれわれを自由の身にしてくれたというわけだ」

「では、パングロス先生」とカンディードは言った。「絞首刑にされたとき、解剖されたとき、めった打ちにされたとき、そしてガレー船でオールを漕いでいたとき、先生は相変わらずこの世界はあり得ることのできる最善の状態にあると考えておられましたか」

「うむ、相変わらず最初の確信を堅持しておるよ」とパングロスは答えた。「なんとなれば、究極のところ、私は哲學者である。哲學者の私が前言を翻すなど、あってはならぬことだ。ライプニッツが誤る筈はなく、ライプニッツの唱えた予定調和はこの世で最も美しいものであり、彼がデカルト自然學から引き継いだ『充満』および『微細な物質』もまた同様であるのだからな」

第29章

カンディードがキュネゴンドと老婆に再会したときの様子

カンディード、男爵、パングロス、マルティン、ならびにカカンボが、それぞれの身の上話をし、この宇宙に起こる偶然の出来事や、偶然でない出来事について推論し、（かのライプニッツの語った）原因と結果について、道徳上の悪と自然の悪について、自由と必然について、はたまた、トルコでガレー船を漕がされているときにも感じることのできる慰めについて、意見を戦わせているうちに、一同の乗った船はプロポンティス海の岸辺に、トランシルヴェニア大公の舘に着いた。最初に目に飛び込んできたのは何であったか、誰であったか。キュネゴンドと老婆の姿にほかならなかった。老婆ばかりか、あのキュネゴンドまでもが、たくさんのナプキンを広げて、洗濯ひもに掛けて乾かすなどという仕事をしているのだった。

その光景を見たショックで、男爵は蒼ざめた。心優しき恋人カンディードは、その心にかけ続けてきた麗しのキュネゴンドが、すっかり浅黒い肌になり果て、眼を真っ赤に腫れ上がらせ、ぺしゃんこの胸になり、頬を皺だらけにし、腕の皮膚を赤むけの状態にしているのを見ると、おののき恐れた。思わず三歩退いた。そののちに礼儀作法を思い出し、前に進み出た。キュネゴンドはカンディードと兄を抱擁した。皆が婆さんを抱擁した。カンディードが身代金を支払って二人とも自由の身にしてやった。

近くに小さな農園があった。婆さんがカンディードに、一同がもう少しマシな運に恵まれるまで、あの農園でなんとかやりくりして行きましょうよと提案した。キュネゴンドは自分が醜くなったことを知らないでいた。誰もそのことを彼女に言わなかったのだ。それで彼女は、カンディードの前に以前の約束を持ち出したのだが、その話のトーンたるや、まったく有無を言わせぬものだった。人の好いカンディードはあえて断ることができなかった。かくして彼は男爵に、近々妹御と結婚させていただきますと、きっぱり告げた。

貴族である男爵はいきり立った。

「そんなことは絶対に許さぬ！　かくのごとく誇りを失う妹も妹だが、かくのごとく不遜なことを言い出すきみもきみだ。そのような恥辱に甘んじては、私は不名誉の誹(そし)

りを免れない。我が妹の子供たちが、ドイツの貴顕の士が集う聖堂参事会に入れてもらえなくなる。いかん、とんでもない話だ、我が妹が結婚する相手は絶対に、神聖ローマ帝国に属するドイツ諸国の由緒正しき男爵以外であってはならぬ」

恋愛物語のヒロインよろしく、キュネゴンドが打ち震えた。ああ、お兄さま！とばかり、兄の足下にひざまずき、その足を涙で濡らし、懇願に懇願を重ねた。兄は頑として態度を変えなかった。

貴族でないカンディードの堪忍袋の緒が切れた。

「気でも触れたか、バカ野郎！　誰があんたをガレー船から抜け出させてやったんだ？　誰があんたの身代金を払ったんだ？　誰があんたの妹の身代金を払ったんだ？　このぼくじゃないか。キュネゴンドはここで皿洗いをしていたんだし、今ではもう美人じゃない。醜いのだ。それをぼくは親切にも妻にしようというのだぞ。それでもあんたは性懲りなく、この結婚に反対するというのか！　ぼくを本気で怒らせたら、またまた刺し殺されることになるぞ」

「おお、殺したければ殺すがよいわ。しかし私がこの世に生きているかぎり、貴様などに、我が妹との結婚は許さぬ」

第30章　大団円

カンディードは内心では、キュネゴンドと結婚したいとはもはやまったく思っていなかった。けれども、男爵の途方もない大威張りに反発し、彼女と結婚する気になった。しかもキュネゴンドにしきりに急かされ、前言を翻すことができなくなった。彼はパングロス、マルティン、忠実なカカンボに相談した。パングロスは一篇の立派な論文を書き、それをもって、男爵が妹キュネゴンドについて何らの権利も有さないことを、したがってキュネゴンドは、神聖ローマ帝国のすべての法に照らし、爵位も財産も夫に譲り渡さない形でならば身分違いのカンディードとも結婚できるということを証明した。マルティンの結論は、男爵を海へ突き落とすべしというものだった。カカンボが解決策を見つけた。男爵をあのレヴァント地方出身の船長に引き渡し、またガレー船の漕ぎ手にしちまえばいい、そうすれば、都合よく出港する船があり次第、ローマの修道会総長のもとへ送られるだろうというのだった。おお、それは名案だ、ということになった。老婆も賛成した。キュネゴンドは何も知らされなかった。事はいささかの金を使って実行された。一同は溜飲を下げた。なにしろ、イエズス会の神父さまをとっつかまえることができたのである。ドイツ人男爵さまの高慢ちきを罰することができたのである。

あれほどの災難を経て、カンディードはついに恋人と結婚し、哲學者パングロス、哲学者マルティン、思慮深きカカンボ、そしてあの老婆と共に暮らすことになった。おまけに、古インカ族の国からあれほどの量のダイヤモンドを持ち帰ってきたのであった。であってみれば、至極当然に予想できるのは、カンディードも今度こそは最高に心地よい生活をすることになるだろうということだった。ところが、ユダヤ人たちにさんざんたかられた結果、彼にはもはや、ちっぽけな農地以外に何ひとつ残っていなかったのである。妻は日を追ってますます醜くなり、ぐだぐだと文句ばかり言うようになり、まことに耐え難い。老婆は体の自由がきかず、キュネゴンドにも増して不機嫌だった。カカンボは庭を菜園にして耕し、できた野菜をコンスタンチノープルの町へ売りに行く生活をしていたが、労働でくたくたになり、自分の身の上を呪っていた。パングロスは、ドイツのどこかの大学で名声を博したいのに、その機会にも恵まれないので絶望していた。マルティンはといえば、人はどこにいても同じように不幸なのだと固く信じているだけに、物事を受け止めて我慢強かった。カンディード、パングロス、マルティンの三人は、ときどき形而上学と道徳について議論した。彼らが暮らす農家の窓から海に目をやると、エーゲ海北部のリムノス島や、北東部のレスボス島の町ミティリーニや、東トルコの町エルズルムへと流刑になる司法官、地方長官、裁判官たちを乗せた船が航行していくのが見える。追放された彼らに取って代わる別の司法官、地方長官、裁判官たちがやって来るのも見える。が、その彼らも、やがて追放されるのである。船上に、きっちりと藁を詰めた生首が並んでいる。コンスタンチノープルにおわすスルタンの宮殿に献上されるのだ。そんな光景に刺戟されて、議論にさらに熱が入った。だが、議論しないときには、退屈で、退屈でやり切れなかった。そこである日、老婆があえて一同にこう言った。

「はてさて、最悪なのはどっちかしらね、黒人の海賊らに百回も陵辱される、お尻の肉の片方を切り取られる、ブルガリア人たちにさんざん殴られる、異端裁判で鞭打たれ、吊される、生体解剖される、ガレー船を漕がされるといったこと、要するにわたくしたちが皆それぞれに遭ってきたありとあらゆる辛酸をなめるほうがマシか、それとも、ここでこうして何もしないでいるほうがいいか……」

「大問題だね」と応じたのはカンディードだった。

このやり取りを受けて、一同、またまた論議に熱を入れた。とりわけマルティンは、人間は不安に駆られる痙攣（けいれん）の中か、倦怠による無気力状態の中で生きるように生まれついたのだと結論した。カンディードはそれには同意しなかったが、どんな断定もしなかった。パングロスは、自分がいつも酷い目に遭ってきたことを認めた。けれども、すべてはこの上なく順調とひとたび主張した手前、相変わらずそう主張していた。それでいて、その自説を少しも信じていなかった。

そんな折、マルティンに縁起でもない持論の正しさを再確認させ、カンディードを以前にもまして判断に迷わせ、そしてパングロスを当惑させるようなことが起こった。なんとあのパケットとジロフレー修道士が、とことん惨めな姿になって、カンディードの農地へ転がり込んできたのだ。二人は、懐に入れたあの三千ピアストルもの大金をたちまち使い果たしたのだった。それから別れ、よりを戻し、仲違いし、牢屋へ放り込まれたり、脱獄したり、いろいろあって、ジロフレー修道士はイスラム教に改宗していた。パケットのほうはどこへ行っても例の商売を続けたが、もはやまったく稼げていなかった。

「どうです、私が予告したとおりじゃないですか」とマルティンがカンディードに言った。「あなたが大金を贈ったって、その金はすぐ使い果たされるし、結果として彼らはさらにいっそう貧困になるだろうって、ちゃんと申しておいたはずですよ。あなたとカカンボにしても、以前は数百万ピアストルもの富に首まで浸かっていたのに、今の境遇ときたら、ジロフレー修道士やパケットと大差ない」

パングロスがパケットに言った。

「ああ、そうなのか！　おまえも天の配剤によって我々のところへ舞い込んで来たのだな。で、知っておるかな？　私はおまえのせいで、鼻の頭と、片方の目と、片方の耳を失ったのだぞ。そのおまえも今ではこの態（ザマ）だ。まったくもって、何たる世界か！」

この新たな経緯により、一同、それまでにも増して哲学に熱を入れた。

近隣に、非常に名高いイスラム教の高僧がいて、トルコ随一の哲学者と見なされていた。一同、その高僧のところへ教えを受けに行った。パングロスが皆を代弁し、高僧に言った。

「先生、私どもが参りましたのは、いったいどうしてこの人間という、かくも奇妙な動物が造られたのかを教えていただきたいからです」

「余計なことに首を突っ込むな」と高僧は言った。「御身らの仕事ではあるまい」

「けれども神父さま」カンディードが言った。「この世には、おぞましいほど悪が蔓延（はびこ）っています」

「それがどうした」と高僧は言った。「悪があろうと善があろうと、どうでもよろしい。スルタンがエジプトへ船をおつかわしになるとき、船の中にいるネズミの居心地などお気に掛けられるわけがない」

「では、どう行動すべきなのですか」パングロスが問うた。

「黙ることだ」と高僧は答えた。

「実は」とパングロスは言った。「原因と結果について、あり得べき世界のうち最善の世界について、悪の起源について、魂の本性について、予定調和について、先生と少しばかりでも推論を共にしたいと期待しておったのですが……」

この言葉を聞くと、イスラム教の高僧は一同の鼻先でぴしゃりと戸を閉めてしまった。

この会話の間に、ニュースが広まっていた。コンスタンチノープルで大臣二人とイスラム教指導者一人が絞殺され、彼らの友人たちが数名串刺しにされたというのだった。それからの数時間はどこもかしこも、この惨事の話題で持ちきりとなった。パングロス、カンディード、マルティンは、小さな農地へ引き返す道すがら、人のよさそうな老人が一名、自分の家の戸口の蜜柑の棚の下で涼んでいるのを見かけた。理窟も好きだが好奇心も旺盛なパングロスがその老人に、絞殺されたイスラム教指導者の名前を訊ねた。

「存じませんなあ」とその好人物は返事した。「なにしろ、どんな宗教指導者の名前も、どんな大臣の名前も、憶えたことがないのでね。おっしゃっている事件も皆目存じません。思うに、一般論としましてね、国事に関わる人たちは時にひどい死に方をすることがありますが、まあ身から出た錆（さび）でしょう。いずれにせよ、コンスタンチノープルで何がおこなわれているのか、私が知ろうとすることは絶えてありません。あそこへは、自分で庭を耕して収穫した果物を輸送して売るだけで満足しちょります」

こう話すと、老人は異国人たちを家の中に招き入れた。二人の娘と二人の息子が、手製のいろいろな種類のシャーベット、砂糖漬けのレモンの皮を入れた乳製品カイマック、オレンジ、レモン、別種のレモン、パイナップル、ピスタチオ、そして、バタビアやアンティル諸島のまずい珈琲が少しも混ざっていない生粋のモカを振る舞った。そのあと、この善良なイスラム教徒の二人の娘は、カンディード、パングロス、マルティンの顎髭に香料を塗った。

「さぞかし広大なすばらしい土地をお持ちなのでしょうね」カンディードがそのトルコ人に言った。

「いや、二十アルパン〔七〜十ヘクタール〕しか持っていません。その土地を子供たちといっしょに耕しております。労働は私どもを、三つの大きな不幸から遠ざけてくれます。退屈と、身持ちの悪さと、貧困、この三つです」

カンディードは自分の農地へと帰路を辿りながら、トルコ人がした話について深く考えた。そして、パングロスとマルティンに言った。

「あの善良な老人は、あの考え方と生き方のおかげで、われわれが陪食の光栄に浴したあの六名の王さまよりもずっとマシな人生を歩んでいるように見える」

するとパングロスは話し始めた。

「じつにじつに、栄耀栄華とははなはだ危険なものである。哲学者たちはこぞってそう述べておる。なんとなればそもそも、モアブ人の王エグロンはエホドに暗殺された。アブサロムはその頭髪で吊され、三本の投げ槍を突き刺された。ヤロブアムの息子ナダフ王はバシャに殺された。エラ王はジムリに殺された。アハズヤはイエフに殺された。アタルヤはヨダヤに殺された。いずれも王位にあったヨアキム、エコンヤ、ゼデキヤらは奴隷にされてしまった〔以上に列挙されたのは旧約聖書に登場する人物たち〕。諸君も知っておるであろう、古代リディアの王クロイソス、メディア王アステュアゲス、ペルシャの王だったダレイオス、シラクサの僭王ディオニュシオス、エペイロス王ピュロス、マケドニア王ペルセウス、そしてカルタゴの将軍ハンニバル、ヌミディア王ユグルタ、ゲルマン民族の王アリオウィストゥス、かのカエサル、ローマの将軍ポンペイウス、皇帝ネロ、皇帝オト、皇帝ウィテリウス、皇帝ドミティアヌス〔以上、古代の人物たちの列挙。年代順〕がどんな死に方をしたか。また、イギリスのリチャード二世、エドワード二世、ヘンリー六世、リチャード三世、メアリ・スチュアート、チャールズ一世、また、フランス王の三人のアンリ、すなわちアンリ二世、三世、四世、そしてドイツ王ハインリヒ四世〔以上、近世の人物たちの列挙〕の最期がどんなふうであったか。諸君はまた知っておるであろう……」

「ぼくはまた知っていますよ」とカンディードが言った。「ぼくらの庭を耕さなくちゃならないってことをね」

「いかにも、いかにも！」パングロスは応じた。「なんとなればそもそも、人がエデンの園に導かれたとき、それは、ウト・オペラトゥル・エウム〔原文ラテン語〕、すなわち働くためであったのだからね。これすなわち、人は休むために生まれてきたのではないということの証明である」

「理窟を言うのはやめて、とにかく働きましょう」。こう言ったのはマルティンだった。「それだけが、人生をなんとか辛抱できるものにする手立てです」

小さな共同体の仲間がこぞって、この殊勝なる構想に同意した。メンバーそれぞれが自分の能力を活かし始めた。小さな土地から多くのものがもたらされた。キュネゴンドは、実のところすっかり醜くなっていた。が、見事な菓子を作るようになった。パケットは刺繍をした。老婆は肌着類を繕った。誰ひとりとして、役に立たない者はいなかった。ジロフレー修道士も例外ではなかった。彼はすこぶる腕のいい指物師になり、節度ある振る舞いをする真面目な人物になった。かくしてパングロスは何回か、カンディードに言った。

「この世界は、およそあり得べきすべての世界のうちで最善の世界である。ここではすべての事件がつながっておる。なんとなればそもそも、考えてみたまえ、もしきみがキュネゴンド姫に恋したがゆえに尻を蹴飛ばされて美しい城館から追い出されなかったら、もしきみが宗教裁判にかけられなかったなら、もしきみがアメリカ大陸を歩き回っていなかったら、もしきみが男爵に剣で一突きお見舞いしていなかったら、もしきみがあの美し国エルドラドでもらい受けた羊たちを全部失っていなかったら、きみは今ここで、砂糖漬けのレモンやピスタチオを食してはいないであろうよ」

「なるほど、なるほど、お見事な表現です」とカンディードは言った。「しかし、ぼくらの庭を耕さなくちゃなりません」

訳者あとがき──『カンディード』を面白く読むために

本書に訳出した『カンディード』は、正式には『カンディード、あるいは最善説』というタイトルを持つ作品です。かれこれ二世紀半以上前から世界中に知れ渡っている古典ですが、これもまた「読み物」である以上、実際に人に読まれて「なんぼ」です。床の間に飾るようなやり方で有り難がるのは虚飾の教養主義であり、一種のフェティシズムでしかありません。一般に本がむさぼり読まれるのは、なんといっても、その本が「面白い」ときでしょう。名高い古典だから読んでおかないと恥ずかしいぞ、などと言われて本の頁をめくっても、自分自身で本当に「面白い！」と思えなければ苦痛なだけです。

ところが、古典はたいてい、われわれが生きている「今、ここ」から歴史的にも地理的にも大きくかけ離れた環境の中で生成した作品です。そのため、しばしばとっつきにくく、不慣れな読者の場合には、見知らぬ土地をさ迷う旅人のごとく、見どころを見落とし、読みどころを素通りし、せっかくの面白さを見出さぬまま、教養として読んだことにしておくということに終わりがちです。まして、もともと外国語で書かれた作品の場合、そうなる可能性がいやが上にも大だと言わねばなりません。

しかし、だからといって、時間的・空間的に身近なところばかり見ていたのでは、現代をよりよく生きることは叶わないと思います。パラドクサルな話ですが、むしろときどきは「今、ここ」の即時性・直接性から離れてみる必要がありましょう。そして、「今、ここ」を永遠と普遍の見地から相対化する上で、時空を超えて残ってきた古典的著作ほど助けになるものはありません。その意味で、現代の日本語話者が十八世紀ヨーロッパの名作『カンディード』と出会わないとしたら、あるいは出会い損ねるとしたら、それは非常に残念なことです。

権威主義的な評価とは無縁の次元で、現在を生きる人間として、古典であることをやめない古典、すなわちアクチュアリティ（現代性）を失わない古典との対話を試みていただけるようにと願いつつ、『カンディード』の新訳に挑戦してみました。底本としたのは、Voltaire, *Candide et autres contes*, Édition de Frédéric Deloffre et Jacques Van den Heuvel, Postface de Roland Barthes, Gallimard, coll. « folio classique », 1992. に所収のテクスト、*Candide ou l'Optimisme* です。

先行の数々の邦語訳を参照させていただいたことは言うまでもありません。その訳者諸兄に厚く感謝申し上げます。なお到らぬ点も多々残っているでしょうけれども、フランス語原文の内包する意味の振幅をなんとか私なりに日本語の世界に取り込み、且つこの作品の持つ快速感を失わないように努めた結果が本書の訳文です。

以下には、『カンディード』を面白く読んでいただくために有益であろうと思われる若干の予備知識を記します。フランス文学もヨーロッパ思想も専門としない現代日本の一般読書人の方々に役立つならば幸いです。

●著者

『カンディード、あるいは最善説』は「ラルフ博士のドイツ語文からの翻訳」と銘打たれています（五ページ参照）が、「ラルフ博士」は実在の人物でなく、この名前は、著者ヴォルテールが公権力による検閲を免れるために作った偽名にすぎません。

ヴォルテールその人については多言を要しないでしょう。一六九四年にパリで公証人の息子として生まれ、二十歳を過ぎた頃から一七七八年に八十三歳で没するまで、詩、韻文戯曲、散文の物語、思想書など多岐にわたる著述により、ヨーロッパ中で栄光に包まれたり、ひどく嫌われたりした文人哲学者です。今日でも、十八世紀啓蒙の思潮を最もよく代表する人物と見なされています。本名をフランソワ＝マリー・アルエと言いました。「ヴォルテール（VOLTAIRE）」は、「アルエ（AROUET LJ）」という本名をラテン語式に綴った「AROVET LI」のアナグラムで、一七一八年、本人がバスティーユの監獄に収監されていた時期に使い始めたペンネームです。

さて、『カンディード』はひとりの青年を主人公とした、若々しい筆致の作品ですが、ヴォルテールがこれを執筆したのは、齢（よわい）すでに六十四歳だった一七五八年です。翌五九年一月にジュネーブで発行され、すぐパリで、ロンドンで、アムステルダムで貪り読まれました。彼はちょうどその時期に、パリやヴェルサイユ宮から遠く離れ、スイスのジュネーブに近いフランス領内のフェルネーで城館および地所を買い、そこをいわば「終の住処（ついのすみか）」と定めたのでしたが、隠遁するどころか、『カンディード』の大成功――刊行年にフランス語版が二十版を数え、四つの英語訳と一つのイタリア語訳が出たそうです――に始まったそれからの晩年、旺盛な執筆活動（『寛容論』一七六三年、『哲学辞典』一七六四年）を続けつつ、独立不羈の自由人として、社会的現実にもたびたびダイレクトに関与しました（「カラス事件」一七六二年～六五年、他）。今日ふうにいうと、アンガージュマン（責任を伴う社会参加の実践）の知識人として晩年を生きたわけです。

●時代

『カンディード』は純然たるフィクションですけれども、後述するように当時の世相をふんだんに取り込み、批判や諷刺の対象としています。のみならず、作品自体が、一七五〇年代にヴォルテールが地上の悲惨に直面して受けた衝撃から生成したといっても過言ではありません。それはどんな悲惨であったか。主要なものに限って、二つだけ挙げておきます。

一つは、ヨーロッパを戦火にまみれさせた七年戦争です。一七五六年五月から、フリードリヒ大王率いるプロイセンがイギリスを同盟国として、フランスと組むオーストリア、ロシア、スウェーデンなどと激突し、これが六三年まで続いたのです。『カンディード』の物語の中で「ブルガリア」と呼ばれているのは、ずばりプロイセンです。「アバリア」は、近年の研究によれば、ヴォルテールの頭の中でフランスでもロシアでもなく、オーストリアを指していたものと思われます。[*1] いずれにせよ、当時の軍隊組織の暴力性をコミカルなまでに抉った第2章、遠目には「鉛の兵隊」の行進のようにも見える戦場の実態を序破急のテンポでクローズアップする第3章などは、戦争という人災の「滑稽な」酷薄さを鮮やかに諷刺しています。

もう一つは、一七五五年十一月一日に発生し、約六万人を犠牲にしたと伝えられているリスボン大震災です。当時のヨーロッパ人にとって、巨大地震と津波はまさに驚天動地の天災だったようです。翌五六年にヴォルテールが発表した『リスボン大震災に寄せる詩、あるいは「すべては善である」という公理の検討』[*2]はすこぶる悲壮かつ真率なトーンで、災害のもたらしたショックを語ると同時に、地上の世界を「すべての可能世界の中で最善のものである」とする予定調和の世界観――後述する「最善説」のヴィジョン――に対する深刻な疑問を提示していました。数年後の著作『カンディード』でも、とりわけ地震発生時の驚愕と混乱を描く第5章、「異端者火炙（ひあぶ）りの壮麗なる儀式」（傍点筆者）を語る第6章あたりで、同じテーマが大きく取り上げられることになりました。但し、本書に明らかなとおり、散文である『カンディード』は、詩に表れていた悲壮感ではなく、醒めたアイロニーを前面に出しています。

それにしても、現実界の合理性をドグマティックに信じるタイプの人類が、その形而上学的前提を揺るがす災厄に見舞われて底知れぬ不安に捕らわれたとき、ややもすれば合理主義の倒錯に嵌まり、現実に対して極端に非合理な振る舞いに走りかねないという点についても、

＊1　DELOFFRE, Frédéric, « Candide, roman de l'individu », *The King's Crown, Essays on XVIIIe Century Culture and Literature*, Ed. Poeters, Louvain-Paris-Dudley, MA, 2005, pp.33-34. « Notes sur le texte » de *Candide* par Jacques VAN DEN HEUVEL, in VOLTAIRE, *Romans et contes*, Édition établie par Frédéric DELOFFRE, Paris, Gallimard, coll. *Bibliothèque de la Pléiade*, 1979, nouvelle édition en 2011, p.836.

＊2　ヴォルテール『カンディード』（斉藤悦則訳、光文社古典新訳文庫、二〇一五年）の二三一～二四九頁にこの詩の邦語訳が掲載されている。

一見荒唐無稽な『カンディード』の物語は示唆的です。まさに今日の世界に通じる面があるのではないでしょうか。

●「最善説」とは？

『カンディード、あるいは最善説』というときの「最善説」は、元のフランス語では「オプティミスム」(Optimisme) です。この名詞は、「最良」「最善」という意味のラテン語 *Optimus* と、ドクトリンを指す名詞を作る働きのある接尾辞 ism から成っています。実は、本篇の第16章にも言及されている論壇誌『トレヴー評論』に集うイエズス会士たちが一七三七年に使い始めた造語なのです。ですから、ヴォルテールの生きていた時代における「オプティミスム」の第一義は、今日われわれが了解している「楽天主義」ではありませんでした。そうではなく、神が創造したはずの世界になぜ天災のような物理的な悪、病苦のような身体的な悪、人間を暴力や罪に導く倫理的な悪が存在するのかという問題を解決する――あるいはむしろ解消する――ひとつのドクトリンの謂だったのです。

実際、十八世紀には、宗教的にはカトリックやプロテスタントであった合理主義の哲学者たちが、世界を神の摂理の下にあるものと見る立場からまるごと合理的に説明しようとしていました。なかでも代表的なのが、一七一〇年に『弁神論』[*3](もしくは『真義論』)をフランス語で発表したドイツの哲学者ライプニッツ（一六四六～一七一六年）が主張し、その弟子クリスティアン・ヴォルフ（一六七九～一七五四年）やイギリスの詩人アレキサンダー・ポープ（一六八八～一七四四年）が継承した理論で、それがすなわち「最善説」でした。

この「最善説」によれば、神は完全無欠ですが、神の創造は神のようには完全無欠であり得ず、それゆえ地上世界には悪も散在しています。しかしながら、そんな悪を圧倒的に凌駕する善が優勢であるとされ、そもそもある現象には必ず原因があるという充足理由律が世界を支配している以上、世界は人智の判断を超えて合理的なのであり、全体として予定調和していると断じられます。問題とされる悪も、実は善の成就のために必要な役割を果たしており、いわば「善によってできる影」（l'ombre portée du bien）のようなものだということになります。このドクトリンの中では、人間の目の高さから見て明白に悪であるものも、もはやスキャンダルではなくなってしまうわけです。

尤（もっと）も、専門家たちの間では今日、ライプニッツの理論はもっともっと緻密に理解されなければならないものだとされており、軽々に分かったつもりになることは自戒しなければならないのですが、少なくともヴォルテールは当時、「最善説」をいま略説したように解釈し、そこに決定論・運命論への傾きを看て取り、強く反発しました。すでにお分かりでしょう、

＊3　邦訳は佐々木能章訳、『ライプニッツ著作集』第六巻、第七巻、工作舎、一九九〇～九一年。

『カンディード』における主人公カンディードの師パングロスの仰々しくもドグマティックな「形而上學」は、ライプニッツ＝ヴォルフ学派のテーゼのカリカチャーなのです。『カンディード』の旅と冒険のエピソードはどれもこれも、パングロスの主張する「最善説」の反証を構成しています。物語全体も基本的に、若い主人公が「最善説」と、「最善説」によって正当化されていた旧い世界観から脱却していくプロセスにほかなりません。『カンディード』は、十九世紀に隆盛する「教養小説（ビルドゥングスロマン）」——フランス語ではこれをロマン・ダプランティサージュ roman d'apprentissage（直訳すれば「学習小説」）と称します——の萌芽でもあるのですが、水林章氏がいみじくも述べているとおり、「一風変わった教養小説」です。つまり、「アプランティサージュ」（学習）の反対の「デザプランティサージュ」（身につけた知識やスキルを失うこと）という名詞を用いた氏の巧みな造語を拝借すれば、むしろ「ロマン・ド・デザプランティサージュ」（脱学習の小説）なのです。カンディードの成長物語は「あらかじめ蓄えられた知識を徐々に失い、いや捨て去る過程でもある」（『「カンディード」〈戦争〉を前にした青年』みすず書房、二〇〇五年、九五～九六頁）という水林氏の指摘は、この作品のエッセンスの一つのみならず、歴史的意義までも言い当てています。

●哲学的コントとは？

文学史上、『カンディード』は哲学的コントの最高傑作と見なされています。では、哲学的コントとはどういうジャンルなのでしょうか。

まず「コント」とは、読者を深く感動させることではなく、愉しませることを目的として軽快なトーンを採用し、写実にはこだわらず、奔放な想像力にまかせて誇張を多用する比較的短い架空の物語です。十八世紀のフランスには、中世以来の伝統的コントが存続していました。単純化された作中人物たちがある定型の中でもつれ合う、突発事と幻想に満ちたストーリーです。また、『千夜一夜物語』の仏語訳が世紀の初めに出て（因みに、英語訳は仏語版からの重訳しか存在しませんでした）以来、エキゾチズムに刺戟されて東洋風コントの模倣も盛んでした。ヴォルテールは、歴史的に先行したさまざまなコントの要素をパロディ化し、作家ルサージュ（一六六八〜一七四七年）の『ジル・ブラース物語』（一七一五〜三五年）[*4]によってフランスに移入されたスペインの「悪漢小説」、すなわち、貧しいが勇気と才覚のある若者が奔放な行動力で成り上がり、その後落ちぶれるというパターンの冒険小説の手法と組み合わせました。そして、そんなエンターテインメントの形式の中に「哲学」を盛り込んで、『カンディード』をはじめとする数々の知的で滑稽な冒険物語を創作しました。

「哲学的コント」と呼ばれるそれらの作品で、伝統的コントや悪漢小説の持つ軽いスタイル

＊4　邦訳は杉捷夫訳、岩波文庫、全4巻、一九五三年〜五四年。

と真面目な哲学のブレンドが成功したのはなぜでしょうか。まず、この思想家の文才もさることながら、十八世紀においては「哲学」という言葉の意味範囲が広く、神、世界それ自体、自己そのものについて考える形而上学のみならず、倫理も、政治思想も、さらには自然科学をも包み込んでいたということを知っておく必要があります。次に、このジャンルの作品は、新思想による「啓蒙」を目的とし、検閲・発禁を逃れるためにたいてい匿名で出版され、できるだけ広い教養層に行き渡ること、受け入れられることを目ざしていました。したがって、抽象的な論文よりも、具体例のある物語や対話の形式のほうが好ましかったのです。加えて、十八世紀フランスの先進的エスプリが、仰々しさ、重苦しさ、尊大な権威主義、くそ真面目なほど「お堅い」生真面目さなどを嫌っていたということも考慮に値すると思います。

ほかでもない『カンディード』に代表されるこのジャンルについて、さらに次の三点を確認しておくのは無駄ではないでしょう。

1　哲学的コントは著者の倫理的関心を反映し、主人公の自己発見・自己形成の過程を提示する一種の「小教養小説（ビルドゥングスロマン）」である。主人公はたいてい旅に出て世界の現実と出会い、次々に思いがけぬ困難に遭遇する。不運は単なる偶然のようでいて、実は本人にも原因がある。もともとの世界観・人生観（＝哲学）が誤っているがゆえに彼は翻弄されるのだ。試練に晒されているとき、本人は試練の意味が理解できない。意味が明らかになるのは冒険の最後、物語の結末に到ってからである。その結末が彼の自己発

2

見・自己形成に重なる。

コントであるから、写実主義（リアリズム）を方法としない。早い話、作中人物が相貌や心理による肉付けを欠き、あたかも操り人形の如し。主人公の冒険の内容も、たいていの場合、迫真のリアルさからは程遠く、寓意だという印象を与える。物語を構成するエピソードの一つひとつが結局は何らかの知的認識の例証として提示されているからだ。このジャンルに、近代小説におけるような作中人物の造型やストーリーの「真実らしさ」を求めることはできない。

3

哲学的コントは現実的な物語ではないが、反面、鋭い現実感覚を命とする。ロマンティックな昂揚に冷水を浴びせるような理知的精神、散文精神を柱とする。その核は皮肉（アイロニー）にほかならない。概して作中人物の主観（思惑、夢……）と、その作中人物をめぐる客観的現実の間のズレが、皮肉の生きる空間だ。そこにおいて著者は、筋の通らぬバカげた事態、すなわち不条理をめぐって反語法（例えば、「異端者火炙（ひあぶ）りの壮麗なる儀式」）を駆使し、尤（もっと）もらしさや悲壮感をわざと誇張して、皮肉を醸成することができる。

●「庭」

『カンディード』の大団円で、著者ヴォルテールが主人公のカンディードに二回言わせている結論めいた台詞、« il faut cultiver notre jardin » は、古今の世界文学の中でも最も名高いフレーズの一つです。フランス語では、そのまま成句にさえなっています。本書ではこれを、「ぼくらの庭を耕さなくちゃなりません」と訳しました。「ぼくらの畑を……」とはしませんでした。

« jardin » はふつう「庭」、「庭園」のことなのですが、その庭は「菜園」であることも多く、日本語でなら「畑」と呼ぶであろうものを指すことも少なくありません。また、「耕す」という日本語動詞とすんなりマッチするのは、「庭」よりも「畑」でしょう。さらに、カンディードとその仲間たちは小さな農家をシェアしたのですから、耕すのは当然「畑」だと考えられます。それにもかかわらず、この度の翻訳で件の « jardin » の訳語として「畑」ではなく「庭」を用いたのには理由があります。一つには、« jardin » が古代ギリシャのエピクロス（前三四一〜前二七〇年）の「園（その）」にまで遡る幸福と休息の象徴であり、しばしば人間の内面世界のメタファーにもなる含意豊かな語なので、その側面を捨象しないために「庭」の採用が必要だったのです。しかし、それにも増して重視したのは、『カンディード』が庭で始まり、庭に終わる物語だという点にほかなりません。

実際、青年カンディードの冒険の出発点は、プロイセンの田舎貴族トゥンダー＝テン＝トゥロンク男爵の、最高に立派だと言われるわりには「しょぼい」城館と、「大庭園」などと呼ばれているわりには「小さなありきたりの森」です。エデンの園から追放されたアダムさながら、カンディードがその城館と領地から追い出され、さまざまな経緯で逃走の旅をするのが物語の前半です。折り返し地点は、地上の楽園の観を呈している黄金郷（エルドラド）です。物語の後半、カンディードはあえて黄金郷（エルドラド）を去り、今度は逃走ではなく、恋人キュネゴンドとの再会という目的をもった旅を続けるのですが、到着点は恋愛物語的な「めでたし、めでたし」ではなく、田園地帯で仲間と共に労働する共同生活です。このプロセスの中に、パラグアイ奥地での大農園（プランテーション）、大耳族の暮らす草原、富豪ポポクランテの邸宅の庭、老トルコ人の菜園など、広い意味での「庭」が頻出しており、カンディードの旅はあたかも、多様なあり方をする「庭」の吟味の旅のようにさえ見えます。« il faut cultiver notre jardin » をこの文脈から切り離すわけにはいきません。

庭は「飼い慣らされた自然」として、自然と人間の関係を表すと同時に、閉じられていると同時に開かれている場所なので、他者同士の共有空間であり、人間関係そのものでもあるでしょう。トゥンダー＝テン＝トゥロンク男爵家の庭を支配していたのは、権威主義的・不平等主義的秩序と、ドグマティックな「最善説」の弁舌でした。物語の終わりにカンディードが作ったのは、互いに平等で、宗教的に寛容な人間関係を営みながら、「最善説」を含むあらゆるドグマティズムを排し、むしろ黙って労働に勤しむ共同体でした。この共同体の成立のために、貴族の身分にこだわる男爵（キュネゴンドの兄）の追放と、パングロス――この固有名詞の意味は「オール弁舌」――の饒舌の無視が必要だったという点も、見落とすべきではないだろうと思います。

●ユートピア

カンディードは、いったん見つけた黄金郷（エルドラド）に永くはとどまらず、立ち去り、その後も戻ろうとはしませんでした。そのことは、黄金郷（エルドラド）がユートピアとして位置付けられたことの証だと言えそうです。ユートピア思想は古代から存在しましたが、「ユートピア（utopia）」という言葉は、一五一六年にトーマス・モア（一四七八〜一五三五年）がギリシャ語で「否」を意味する *ou* と、「場所」を意味する *topos* を連結して造ったのです。文字どおり、「どこにもない場所」という意味です。『カンディード』の物語の中で、黄金郷（エルドラド）は地上の他の世界の真逆を提示する理想郷であり、桃源郷であり、まさに「どこにもない」イデアの国、ユートピア本来の批判的機能を果たしています。しかし、そうであるだけに、所有していないものを欲するという地上的な、あるいは現世的なモードでは生きることのできない世界、深い意味で退屈ともいえる環境です。旅人カンディードが黄金郷（エルドラド）で折り返すようにして悪の蔓延（はびこ）っている世界に戻って行った所以（ゆえん）ではないでしょうか。

●労働

カンディードは長い学習プロセスの終わりに、市井でごくシンプルに生きているトルコ人の老人と出会い、「労働は私どもを、三つの大きな不幸から遠ざけてくれます。退屈と、身持ちの悪さと、貧困、この三つです」という言葉を聞き、労働の実践に希望を見出したようです。これはしかし、伝統的な旧い価値観に立ち返ったということではありません。むしろ逆なのです。

「労働」を意味するフランス語 le travail の語源はラテン語の *tripalium* で、これは動物に金具を付けたり、人間を拷問にかけたりするときの拘束具を指す語です。そこから推測できるように、伝統的には、労働が連想させるのは隷属や苦痛だったのです。古代ギリシャまで遡れば、生活必需品を生産する労働は卑賤の活動と見なされ、奴隷に課せられていました。ユダヤ・キリスト教の伝統においても、労働はもともと神から科せられた罰でした。創世記によれば、人間が生存のために労働せざるを得なくなったのは、すべてがふんだんに恵まれているエデンの園からアダムとイヴが追放された結果であったわけです。というわけで、労働が自然環境との関係で人間を動物状態から解放するという考え方や、労働自体の倫理的価値づけは、少なくとも西洋では典型的に近代の所産です。それはまた、貴族主義的ではない、民主主義的な人間観に対応するものだとも言えます。

●奴隷制

一方、普遍の人権に悖（もと）るあらゆる労働搾取が断罪され、廃止されるべきものであることは言を俟ちません。その点、本篇第19章におけるヴォルテールの奴隷制告発は名高く、特筆に値します。実際、当該の一節は論理的で、簡潔で、痛烈な内容および表現のテクストとなっています。ぜひ御注目ください。フランスでは、奴隷制はフランス大革命期の一七九四年にいったん廃止されましたが、ナポレオンの執政政府時代の一八〇二年に復活し、最終的な廃止は一八四八年の二月革命の折でした。アメリカ合衆国でリンカーン大統領が奴隷解放宣言を発したのは一八六三年です。米国のすべての州で奴隷制が非合法化されるには、一八六五年の末を待たなければなりませんでした。

●女性

最後に、この物語における女性たちの運命や、その背景の生存条件に目配りしておくのは無駄ではないでしょう。主要作中人物のうちで女性は、キュネゴンド、老婆、パケットの三名ですが、この三名は三者三様でありながら、どうやら同一の運命を体現しているようです。いずれももともとは美女なのですが、不運に見舞われ、むごい仕打ちを受け、貧しくなり、辱められ、こき使われながら、したたかな打算と狡智を働かせて生き延びていくうちにすっかり堕落し、落魄(らくはく)し、容姿も醜くなってしまうのです。老婆はキュネゴンドの高齢バージョン、パケットは庶民のキュネゴンドとも言えましょう。

いずれにせよ、『カンディード』は牧歌的な純愛物語からは千里も隔たっており、むしろ意図的にそうした物語を脱構築しているパロディです。主人公カンディードは逃走と冒険と旅の間ずっとキュネゴンドへの恋慕を語り続けるわけですが、その実、キュネゴンドの「ふるいつきたくなるほど肉感的な」体に「ふるいつきたく」てたまらないだけで、真に愛を抱いているのではないわけです。その証拠に彼は、旅の終わりにキュネゴンドに再会し、恋人の容姿が変わり果てているありさまにショックを受けると、心境が変わってしまいます。この顚末は、人を愛するとはいったい相手の何を愛することなのか、という昔からの難問を思い出させます。苛酷な状況設定の中で描かれる女性の生存条件と合わせて、『カンディード』の読者が直視を余儀なくされるポイントにちがいありません。

この「あとがき」の冒頭で示唆したとおり、遠い外国の古典を味読するには、それが生まれた時代や地域のコンテクストをある程度は意識しなければなりません。しかしながら、文学作品を歴史的・地理的コンテクストに還元してしまうのはいかにも勿体ない。むしろ、遠く遙かなコンテクストの中から普遍性の地平に立ち上がって来て、「今、ここ」に甦るものこそが古典ではないでしょうか。もし拙訳が『カンディード』の本当の面白さへのアクセスを助けることに多少とも成功していれば、私としては本望です。

なお、この度の本作りにおいて、久方ぶりに旧知の編集者・祖川和義氏のご厄介になれたことは、私にとって格別の喜びでした。ありがとうございました。そして、この企画の持ち込みを歓迎してくださった晶文社編集部の方々にも、心から御礼申し上げます。

二〇一六年五月二十日

堀茂樹

著者について

ヴォルテール

一六九四年にパリで公証人の息子として生まれ、二〇歳を過ぎた頃から一七七八年に八三歳で没するまで、詩、韻文戯曲、散文の物語、思想書など多岐にわたる著述により、ヨーロッパ中で栄光に包まれたり、ひどく嫌われたりした文人哲学者。著書に『エディップ（オイディプス）』『哲学書簡』『寛容論』『哲学辞典』などがある。

訳者について

堀茂樹（ほり・しげき）

一九五二年、滋賀県生まれ。翻訳家。慶應義塾大学総合政策学部教授。専攻はフランス文学・思想。著書に『今だから小沢一郎と政治の話をしよう』（祥伝社）。訳書にアゴタ・クリストフ『悪童日記』『ふたりの証拠』『第三の嘘』をはじめ、アニー・エルノー『シンプルな情熱』（すべて早川書房）、エマニュエル・トッド『シャルリとは誰か？』（文藝春秋）など多数ある。

カンディード

二〇一六年六月三〇日初版

著者　ヴォルテール

訳者　堀茂樹

発行者　株式会社晶文社

東京都千代田区神田神保町一―一一

電話（〇三）三五一八―四九四〇（代表）・四九四二（編集）

URL http://www.shobunsha.co.jp

印刷・製本　株式会社太平印刷社

ISBN978-4-7949-6927-9　Printed in Japan

好評発売中

サリンジャー　生涯91年の真実　ケネス・スラウェンスキー　田中啓史訳

『キャッチャー・イン・ザ・ライ』によって世界に知られる作家となったサリンジャー。1965年に最後の作品を発表して以降、沈黙を守りつづけ、2010年に91歳で生涯を閉じた。膨大な資料を渉猟し、緻密な追跡調査を行い、謎につつまれたサリンジャーの私生活を詳らかにする決定版評伝。

赤と青 ローマの教室でぼくらは　マルコ・ロドリ　岡本太郎訳

小説家・詩人として活躍する著者は国語教師として30年にわたり教鞭をとっている。近年増加しているいじめ、麻薬問題、移民や差別、貧困など、教育環境はひどく過酷だ。理想と現実のギャップに葛藤しつつも、生徒たちと心がふれあう瞬間を信じて奮闘する日々をつづったエッセイ。

ベスト版　まっぷたつの子爵　イタロ・カルヴィーノ　河島英昭訳

ぼくのおじさんメダルド子爵は、戦争で敵の砲弾をあび、まっぷたつに吹きとんだ。左右べつべつに故郷の村にもどった子爵がまきおこす奇想天外な事件のかずかず……。人間世界のおののきを写しだし、現代イタリア文学が生んだ最も面白い作品と謳われる傑作寓話。

ベスト版　たんぽぽのお酒　レイ・ブラッドベリ　北山克彦訳

輝く夏の陽のなかを、かもしかのように走る12歳の少年ダグラス。夏のはじめに仕込んだタンポポのお酒一壜一壜にこめられた、愛と孤独と死と成長の物語。SF文学の巨匠ブラッドベリが、少年のファンタジーの世界を、閃くイメージの連なりのなかに結晶させた永遠の名作。

ベスト版　ひとつのポケットから出た話　カレル・チャペック　栗栖継訳

駆け出し刑事メイズリーク登場! さっそく頭を抱えたその難題とは? 絶妙のユーモアが光る「ドクトル・メイズリークの立場」を巻頭に、“園芸家チャペック”ならではの好篇「青い菊の花」など、人間の愚かさ、ぎこちなさ、哀しさを、愛情いっぱいにつづった珠玉の24篇。

パリの家　エリザベス・ボウエン　太田良子訳

11歳の少女ヘンリエッタは、半日ほどあずけられたパリのフィッシャー家で、私生児の少年レオポルドに出会う。無垢なヘンリエッタとレオポルドの前に、フィッシャー家の歪んだ過去が繙かれ、残酷な現実が立ち現れる……。20世紀イギリスを代表する女流作家ボウエンの最高傑作。

幻獣辞典〔新版〕　J.L.ボルヘス　柳瀬尚紀訳　スズキコージ絵

ケンタウロス、やまたのおろち、チェシャ猫……人間の夢と恐れ、そしていまだ神秘の底に眠る宇宙の謎が、互いに響きあって生まれた幻の動物たちの一大ページェント。迷宮の作家ボルヘスが、おびただしい数の文献をつぶさに探り、古今東西の空想上の生き物を一挙集成した永遠の奇書。